# PREFAZIONE

*Una bella e giovane ragazza di nome Elisabeth, sebbene osteggiata dalla famiglia, si invaghisce della persona sbagliata, mentre non vede affatto un altro uomo, giovane e carismatico, che le giura amore senza fine. Quale percorso le offrirà la vita se dovesse scegliere l'uomo sbagliato? Cosa succederà a lei, rimasta tutta sola nel mondo?*

# SPERANZA AI CONFINI DEL CUORE

Autore: Pasqualina Caccaviello Buono
*Curatore: Annette DiStasio Baccari*

ADB Company

# I

La nostra storia inizia negli anni settanta, in un paesino chiamato Grottolina Montanara in provincia di Potenza.

Si narra che tanti e tanti anni fa, ai piedi della montagna che domina questo paese, c'era una piccola grotta, tuttora esistente, abitata da una famiglia di gnomi. Col passare del tempo però, questi piccoli esseri si moltiplicarono talmente tanto, che la piccola grotta non potè piu ospitare tutto quel bel reggimento di ometti, e fu così che questi si trasferirono in cima alla montagna, in un altro rifugio.

E' da quest'antica leggenda, che si tramanda da generazioni, che prende il nome questo nostro paesino, cioè "Grottolina Montanara".

Piccolo paradiso terrestre popolato da circa 4000 abitanti. Qui si sta bene, non manca niente, c'è la scuola materna, la scuola elementare e anche quella media, due negozi alimentari, uno di vestiti e pure un forno a legna dove Marisa e suo marito fanno il pane e i dolci piu buoni del mondo.

Nel cuore di questo paese, c'è una bella piazzetta con una chiesina carina, con il suo bel campanile che batte i rintocchi ogni quarto d'ora. Un pò distante da lì, c'è il bar di Agostino, 50 anni, un pò stempiato, con gli occhi chiari e con un bel faccione sempre sorridente.

Agostino è una buona forchetta e si vede. E' una persona molto allegra e trasmette allegria anche agli altri. Vuole bene soprattutto ai giovani e, nelle feste importanti, organizza nella sala grande del bar, serate danzanti, con le note del jukebox. I giovani vi si ritrovano e si divertono.

Accanto al bar, c'è la piccola bottega di "Zi Francisco", tutti lo chiamano così, il simpatico vecchietto che fa il calzolaio.

Le case non sono troppo grandi ma sono tenute bene. Dietro di esse, c'e' un bell orticello ben coltivato.
Camminando per le strade di Grottolina Montanara, spesso si sente il coccodè delle galline e si possono intravedere delle gabbie dove crescono coniglietti, porcellini o altri animali. Ci sono

anche delle grandi distese in aperta campagna, con tanti alberi da frutta: ciliegi, meli, noci, ecc. Si estendono inoltre molti oliveti e vigneti. Eh si! Il nostro paesello vive in parte dei frutti della sua terra.

Lavoro purtroppo non ce n'è, non se ne trova, i giovani e i padri di famiglia sono costretti a spostarsi, chi in macchina, chi in bicicletta, chi in treno, nei paesi vicini, dove ci sono alcune fabrichette.

E' il caso di Alfonso Rùnfoli, 49 anni, impiegato alla Prometal di Avello, dove si reca in automobile ogni mattina. Fisicamente, Alfonso potrebbe definirsi il tipo mediterraneo: alto, moro, con gli occhi neri. Ha lo sguardo serio, un carattere un pò difficile; è un uomo molto all' antica, abbastanza maschilista, tante volte severo e, spesso per lui, valgono più le apparenze che i fatti veri e propri: infatti, ci tiene a fare sempre bella figura con gli altri.

Alfonso è coniugato con Matilde di anni 46, di media statura, corporatura snella, capelli castani che le scendono sulle spalle, occhi celesti, pelle chiara; è una bella donna gentile e spesso sottomessa, ma felice di esserlo perché è innamoratissima del marito.

Dal loro matrimonio sono nate due figlie: Rossella ed Elisabeth. Rossella ha 27 anni, è sposata con Pietro Flusso, ingegnere elettronico, ha due bambini: Sabrina e Francesco. Fisicamente, Rossella somiglia al padre che è tanto fiero che lei abbia sposato un professionista, ed è anche la sua preferita. Poi c'è Elisabeth, che ha 17 anni, è una studentessa modello, anche perché, con il padre che si ritrova, le conviene studiare sul serio. Inoltre spera di diventare presto una brava segretaria, perciò frequenta con profitto l'Istituto Technico Commerciale a Palunari, a circa sette chilometri da Grottolina Montanara.

Elisabeth è una bellissima ragazza, somiglia di più alla madre. E' alta, ha i capelli lunghissimi castano chiaro, gli occhi azzurri e un sorriso stupendo che fa innamorare i ragazzi. Tra questi, c'è anche Giulio. Oh! Giulio! Che bel ragazzo! Avete presente Alain Delon?.. Molto piu bello! E' davvero un ragazzo affascinante! Alto, capelli castani, occhi verdi, fa veramente impazzire tutte le donne, ma c' è un problema: è molto timido. Nonostante la sua timidezza però, è riuscito a dichiarare ad Elisabeth l'amore che prova per lei. Ha intenzioni serie e le ha ripetuto più volte: "non m'importa nulla che tante smorfiose mi stanno intorno, sento che non potrei amare altra donna che te! "

E ogni volta Elisabeth gli ha risposto: "Giulio, tu sei senz'altro un ragazzo buono, intelligente, sensibile e soprattutto bello, non si può negare l'evidenza, ma lo sai che io amo Massimo, ne sono innamoratissima ed è una cosa seria."

"Non ne sarei tanto sicura, Massimo non gode di buona reputazione, non te lo dico per invidia, ti sto soltanto mettendo in guardia, anzi, ti voglio talmente bene, che se tu fossi veramente felice con lui, lo sarei anch'io. Spero soltanto che non ti faccia mai soffrire; comunque sappi che ti amo più della mia stessa vita."

"Ed io ti voglio bene come se fossi mio fratello."

Da alcuni mesi Elisabeth frequenta un certo Massimo, 19 anni, moro, con i capelli lunghi, non eccessivamente bello. Ha lasciato gli studi a 14 anni, non gli piace lavorare, è un attaccabrighe, insomma è il classico tipo poco raccomandabile. Come ha fatto Elisabeth ad invaghirsi di un tipo come quello? E' un mistero! Il padre le ha proibito assolutamente di incontrarlo ancora.

"La prossima volta che ti vedi ancora con quel poco di buono, ti cambio i connotati per quante botte ti darò! Ti ci vuole un ragazzo serio, posato, con la testa sulle spalle, non un vagabondo e scansafatiche come quello! A parte il fatto che sei ancora una bambina, hai soltanto 17 anni, che ne sai tu degli uomini? Ho fatto tanti sacrifici per crescere una figlia per bene, non voglio che vada a finire nelle mani di un mascalzone! Hai capito? Hai capito bene?"

"Si, papà!"

Il padre ha proprio ragione, sarebbe come affidare un angelo al diavolo, perché sa che la figlia è troppo giovane e troppo ingenua per capire certe cose.

Massimo ci sa proprio fare con Elisabeth, dicendole parole dolci e baciandola. D'altronde è il suo primo ragazzo e crede veramente nel suo amore.

6

"Elisabeth! Cerchiamo di vederci un pò di più, non mi va d'incontrarti solo per 5 minuti alla volta."

"Ma tesoro! Meglio questo che niente, lo sai che mio padre è molto all'antica e non mi fa uscire molto! "

"Tuo padre, tuo padre, sempre tuo padre! Potrebbe farsi anche i cavoli suoi, sei grande abbastanza per metterti con chi ti pare, no?! "

E parlando parlando le sbottona la camicetta. "No! Ti prego, non mi toccare, non mi sento a mio agio! "

"Ma rilassati, mica ti mangio, sei così bella! Ho voglia di fare l'amore con te."

"Ma... che dici? Certe cose le farò soltanto dopo il matrimonio, se mi ami, dovrai aspettare fino allora. Mi ami non è vero? Dimmi che mi ami! "

"Certo che ti amo! E se la giro in questo modo e ti dicessi: Elisabeth, se non vuoi far l'amore con me al più presto, significa che sei tu a non volermi bene abbastanza. Che cosa mi risponderesti?"

"Ti risponderei: devi essere paziente!"

"Ma che paziente e paziente! Sai che ti dico? Tra qualche giorno, i miei genitori partono per una setimana da mio zio a Torino, ci vedremo a casa mia, non ci disturberà nessuno, Sei bellissima, mi fai impazzire! Baciami ancora!"

"Non stringermi in questo modo! Adesso è tardi, devo andare, ci vediamo dopodomani. Ti amo!"

"Ciao amore mio! A presto!"

Sembra proprio che i due giovani si amino alla follia. Elisabeth è rimasta molto turbata dalla sua richiesta, ma cerca di non pensarci.
Due giorni dopo, all'appuntamento, Massimo si dimostra più premuroso del solito e si presenta con un mazzo di rose rosse.

"Tutte le rose sono belle, ma tu sei il fiore più bello che io abbia mai visto! "
"Come sei romantico! Non me l'aspettavo, grazie!"

Poi le dà un bacio così lungo e così appassionato da lasciarla imbambolata, quasi senza fiato.

"Amore mio, quanto tempo abbiamo a disposizione?"

"Tra un ora al massimo devo rientrare."

La prende per mano, quasi trascinandola.

"Vieni con me! Andiamo a casa mia."

"Ma .. Massimo! Cosa fai?!"

"Sss! Ti amo, vieni!"

Arrivano a casa sua, il portone è subito aperto e in un attimo i due si ritrovano nella camera da letto.

"Perché mi hai portata qui? Sei impazzito!?"

"Si! Sono pazzo di te! Non posso più aspettare, voglio fare l'amore! "

E parlando, parlando, la bacia senza fermarsi, accarezzandole tutto il corpo.

"Ma ... Massimo! Non voglio farlo prima del matrimonio. Ci tengo alla mia verginità!"

"Ma che verginita' e verginita'! Se ci tieni a me, me la devi regalare la tua verginità!"

"Amore ti prego! Non voglio! Ho paura!"

"Non avere paura! Non ti faro male! Lasciati andare! Fai la brava!".

Ed è così che Elisabeth diventa "donna".

E' turbata, molto turbata, si vergogna, si rende conto soltanto adesso di quello che è appena accaduto e comincia a piangere.

"Mio Dio! Che cosa ho fatto?! Oh! Mio Dio!"

"Embèh?! Che cosa hai fatto di poi così grave? Hai fatto l'amore con l'uomo che ami! Domani lo rifacciamo, non t'è piaciuto? E' una cosa bella no?

"Ti prego, Massimo, dimmi che mi ami! Dimmi che non mi lascerai mai! Promettimelo!"

"Te lo prometto. Quando ci vediamo la prossima volta?"

"Non lo so, ma adesso devo andare."

## II

Nei giorni seguenti, la ragazza è molto nervosa, non le va di studiare, non le va di uscire, non le va di mangiare, è triste. Ad accorgersi che qualcosa la turba è la sorella maggiore.

"Ma .. dì un pò! Che cosa ti sta succedendo? Sei strana in questi giorni."

"Non ho niente!"

"Ma come non hai niente? A me non la dai a bere, ti conosco troppo bene per capire che qualcosa non va!"

Elisabeth scoppia in un pianto irrefrenabile.

"E parla! Che succede? Non vuoi confidarti con me? Riguarda forse te e Massimo?"

"Ci ho fatto l'amore."

"Tu hai fatto che cosa?! Ma sei impazzita? Che vergogna! E se poi non ti sposa?!"

"Lui mi ama e ha promesso che mi avrebbe sposata, comunque ti supplico Rossella! Non dirlo a mamma e papà! Ti prego!"

"Non ti preoccupare, non dirò niente, son cavoli tuoi bella mia, noi tutti ti avevamo messo in guardia, ma hai fatto di testa tua. Che Dio te la mandi buona!"

Elisabeth e Massimo continuano a vedersi di nascosto, sembrano davvero fatti l'uno per l'altro.

Giulio però, non desiste, è sempre innamorato di Elisabeth e tenta per l'ultima volta di farsi avanti. Nel caso di un ennesimo rifiuto, il ragazzo sta maturando una decisione estrema.

"Elisabeth! Ho cercato di cancellarti dalla mia mente, ma non ci sono riuscito, te lo chiedo per l'ultima volta: vuoi essere la mia donna?"

"Mi dispiace Giulio, mi dispiace tanto, io amo Massimo."

"Allora ... ti faccio tanti auguri, che tu possa essere felice insieme con lui. Addio cara!"

"Addio? Perche addio? Possiamo rimanere amici."

"Certo, io ti sarò sempre amico, ma debbo andar via, lontano,

lontano da qui, giacché non ce l'ho fatta a conquistare il tuo cuore, entrerò in seminario e diventerò un bravo prete, addio!" Il giovane si allontana e nessuno lo vede più in paese. Passano alcuni mesi, la vita scorre tranquilla in casa Rùnfoli. Nei fine settimana sono ospiti Rossella, il marito Pietro e i due nipoti, Sabrina e Francesco, che portano allegria e buon umore. Rossella conosce la sorella più di chiunque altro, nota un gran cambiamento nel suo comportamento e un bel giorno le dice: "Hai buon appetito ultimamente, stai sempre mangiando, ho l'impressione che stai mettendo un pò di peso, non è da te non stare attenta all'alimentazione, ti si sono gonfiati anche i seni."

"Non esagerare! In questo periodo ho buon appetito perché sono di buon umore."

Quello stesso pomeriggio, Elisabeth si sente male, ha la nausea, vomita tutto quello che ha mangiato a mezzogiorno. Rossella bussa alla porta del bagno. "Apri Elisabeth! Sono io! Cosa c'è?"

"Niente, ho mangiato un pò troppo e ho fatto indigestione."

"Ma che indigestione? Anche ieri hai fatto indigestione?! Dimmi un pò, mi prendi per una cretina?"
"Hai ragione Rossella! Ho scoperto di essere incinta e sono disperata!"

"Disperata? Mio Dio! Ci dovevi pensare prima! Spero proprio per te che il tuo Massimo si prenderà le sue responsabilità, altrimenti non so che succederà!"

"Ha promesso di sposarmi, lo farà, andrò a parlargli."

Il mattino seguente: "Massimo! Devo dirti una cosa molto importante, sto ... sto aspettando un bambino da te; tra sei mesi, sarai padre."

Lui scoppia in una risata sarcastica. "Ah! Ah! Ah! Io padre? Ma sei toccata in testa? Mi ci vedi tu con un marmocchio in braccio? Guarda, no.... Non fa per me!"

"Massimo! Amore mio! Non sto scherzando, è la verità. Fra poco ti darò un figlio!"

"Nemmeno io sto scherzando! Non voglio nessun bambino.

Per me, te ne puoi anche liberare, non m'importa niente, fai quello che ti pare, anzi , te l'avrei detto, prima o poi: mi sono stufato di te, meglio non vederci più!"

Per qualche secondo Elisabeth non riesce a replicare, è come se le cadesse di colpo il mondo addosso, poi comincia a parlare.

"Ma che stai dicendo? Hai sempre detto di amarmi! Hai promesso di sposarmi! Dicevi che ero l'unica donna per te!?"

"Beh .. si dicono tante cose! Diciamo che ... mi sono divertito. Tutto qua!"

"Come tutto qua? E' tutto quello che hai da dire? Davvero tu non provi niente per me?"

"Beh ... Sai ... oggi si raccoglie un fiore, domani se ne raccoglie un altro, si vive una volta sola, meglio divertirsi al massimo, no?"

Elisabeth non crede alle sue orecchie poi dopo un pò le urla in faccia: "Mi fai schifo! Mi fai svisceratamente schifo!! Brutto porco maledetto! Brutto bastardo! Spero di non incontrarti mai più sul mio cammino! Porco!"

E' disperata, incomincia a correre, a correre; le lacrime le scendono sul viso senza sosta. Di colpo ha perso l'amore dell'uomo che credeva sincero. Continua a correre e arriva quasi alla piazzetta, i singhiozzi si fanno più forti, non accennano a fermarsi.

Agostino, il barista, sente il pianto della ragazza e si avvicina.
"Cosa c'è piccola? Cosè successo? Vieni! Entra nel bar, in questo momento non c'è nessuno, ti preparo una cioccolata calda così ti calmi un pò."

La fa accomodare ad un tavolo, le prepara la bevanda e gliela porge con dolcezza. "Tiene, bevi figliola." Ma lei continua a piangere."Dai, basta, adesso calmati!"

"Oh! Signor Agostino! E' terribile!"

"Cosa c'è di così tanto terribile?"

"Io e Massimo ci siamo lasciati!"

"Beh! Sai una cosa bambina? Tutti i mali non vengono per nuocere, non era il tipo adatto a te. Tu sei una bellissima ragazza, sai quanti bei giovanotti ti vorrebbero?"

"Oh, Signor Agostino! Non è terribile il fatto che noi ci siamo lasciati anzi, un verme come quello ..., è meglio perderlo che guadagnarlo!"

"L'hai capito adesso?"

E continuando a singhiozzare: "Mi ucciderà! Ne sono sicura mi ucciderà!"

"Ma che dici? Chi ti ucciderà?"

"Mio padre! Quando lo saprà! E' colpa mia però, me la sono cercata e adesso vorrei non esistere più!"

"Su, su, non dire sciocchezze! Io non voglio sapere i fatti tuoi, ma sappi che solo alla morte non c'è rimedio. Qualunque cosa ti sia successa, cerca di parlarne con calma ai tuoi genitori."

"Grazie, Signor Agostino. Arriverderci!"

"Ciao, piccola! Buona Fortuna!"

Elisabeth s'incammina piano piano lungo la strada che porta a casa sua, e tra sé e sé pensa: "Avevano ragione papà, Rossella, anche Giulio; mi avevano avvertita, ma ero troppo accecata dall'amore per un uomo che in realtà mi prendeva in giro. Vorrei non essere mai nata! Vorrei non aver mai incontrato quella bestia! Vorrei morire! Mio Dio, come farò? Come reagirà Papà?

# III

E' arrivata a casa sua senza accorgersene. Le mani e le gambe le tremano dalla paura, il suo corpo sobbalza al suono del campanello che lei stessa attiva. Apre la madre e vedendo che sua figlia sta piangendo: "Entra! Cosa c'è Elisabeth? Perché sei così sconvolta? Scommetto che hai litigato con quel tipo, vero?"

"Si, mamma!".

Il padre contento risponde: "Era ora! Finalmente una buona notizia!"

"Mamma, papà! Devo dirvi una cosa."

La ragazza s'inginocchia e unendo le mani: "Vi chiedo perdono, so di aver sbagliato ma v'imploro pietà, ho scoperto di essere incinta."

Ci sono alcuni secondi di silenzio per la sorpresa. E' un colpo troppo duro per il padre. La faccia dell'uomo diventa livida di rabbia e ad un tratto comincia ad urlare.

"Hai scoperto che cosa?! Svergognata! Che cosa hai scoperto?!" E le molla uno schiaffo, un altro ancora, poi passa ai calci, le dà calci senza tregua. La moglie, Matilde, poverina, tenta di fermarlo, ma prende botte anche lei!

"Alfonso! Calmati! E' nostra figlia! Dobbiamo perdonarla!"

"Io non perdono nessuno. Io non perdono questa puttana! Tieni! Tieni ancora!"

"Basta così! La ucciderai!"

"Sta puttana! Hai disonorato la nostra famiglia!" La prende per i suoi lunghi capelli e la trascina fuori. "Non farti vedere mai più! Non voglio sapere più nulla di te! Non m'importa più niente! Via da qui! Via!

La ragazza è ridotta all'estremo delle forze, sanguina un pò dappertutto, le ha prese proprio di brutto. Per un pò giace seduta sul marciapiede senza muoversi, senza reagire, le lacrime scendono silenziose sul suo bel viso. Vorrebbe lasciarsi morire lì davanti, poi di colpo, come se una voce interna le dicesse: "Coraggio Elisabeth! Pensa alla creatura che porti in grembo!"

Allora piano piano, si alza, comincia a camminare senza una meta precisa. Arriva alla fermata degli autobus, si rinfresca e pulisce alla meglio le ferite che ricoprono il suo viso ed il suo corpo. Con le poche lire che le rimangono in tasca, prende il primo pullman che passa, senza nemmeno sapere dove la porterà.

Al capolinea, scende e cammina, cammina per parecchio tempo, per ore e ore, quasi non sente più la stanchezza. Dove va? Ma dove va? Non lo sa nemmeno lei. Nel frattempo è calata la sera, è buio, la temperatura si è nettamente abbassata, per giunta, comincia anche a piovere. Si ripara sotto un balcone rannicchiandosi per terra. Ha freddo, ha fame, è esausta, non ha più forze neppure per piangere. Un'improvvisa disperazione s'impadronisce di lei ed implora il Signore ad alta voce: "Dove sarò? Che ne sarà di me? Mio Dio! Che ne sarà di me? So di aver sbagliato! Aiutami ti prego, fallo per il bambino che porto in me! Te ne supplico mio Signore!"

Il pianto disperato della ragazza attira l'attenzione della padrona di casa, che scende ad aprire il portone. E' una signora non molto anziana, distinta e dall'aria molto gentile. Appena vede la giovane donna, si accorge subito del suo corpo sanguinante.

## IV

"Cosa t'è successo bambina mia?   Vieni, appogiati a me, saliamo di sopra."

"Oh! Signora cara!  Non voglio approfittare della sua bontà, ma mi sento così stanca!"

"Non ti preoccupare e soprattutto non piangere più, adesso ti disinfetto le ferite e ti preparo un piatto di minestra calda."

Subito la donna prende dell'alcool, dell'ovatta e le pulisce per bene le ferite.

"Ti hanno conciata proprio bene!  Chi ti ha fatto questo è una bestia, chiunque esso sia, ma non ti preoccupare, guarirai presto, vedrai!  Come ti chiami?"

"Mi chiamo Elisabeth, ho 17 anni e sono la ragazza più triste del mondo!"

"Su, su, non dire così!  Adesso mettiti a tavola che la minestra è pronta, mangiala tutta e poi, con calma, se vuoi mi racconterai quello che ti è accaduto."

"La ringrazio, signora!  Lei è troppo gentile!"

Elisabeth divora in pochissimo tempo il cibo che le è stato offerto.

"Avevi proprio fame eh?!"

"Si, è vero!  Ma secondo me, aveva più fame lui!"

"Come lui?  Che cosa significa?"

"Sono incinta!"

"Ah!  Bontà divina!  Sei incinta?  Che bello!  Ma ... allora, chi ti ha pestato in questo modo sapendoti in queste condizioni?"

"E' stato mio padre, ma è colpa mia!"

Ed Elisabeth racconta alla sconosciuta tutta la sua storia con Massimo, fino al momento in cui è arrivata in quella casa.

"Guarda piccola!  Non è stata colpa tua!  Non tormentarti!  Eri troppo accecata da questo amore che in realtà non ti meritava, diciamo che hai peccato di ingenuita,  questo si!  Ci credevi veramente a questo Massimo, ma sappi che al mondo c'è tanta

15

falsità. Come hai detto tu, sembrava che questo ragazzo volesse regalarti la luna su un piatto d'argento invece poi ... beh! Non pensarci più! Sei così giovane e bella! Credi che nessuno ti farà più la corte?!"

All'improvviso un fiume di lacrime inonda le guance della ragazza: "Signora, non mi dispero per quel bastardo! Non ne vale la pena! Sono triste per i miei genitori, li ho delusi, soprattutto mio padre, io gli voglio bene!"

"Certo che gli vuoi bene! E anche lui te ne vorrà sicuramente. Se ha avuto questa reazione, è stato solo perché non si aspettava una cosa del genere ed ha agito troppo impulsivamente, ma vedrai che ti perdonerà e tutto si aggiusterà!"

Elisabeth si stringe al suo petto come tante volte ha fatto con la mamma. In quel momento ha bisogno di tanto affetto, questo, la donna lo intuisce e così la stringe anche lei tra le sue braccia.

"Oh! Signora mia!"

"Su tesoro! Non piangere più! Vedrai, tutto si risolverà! E poi non chiamarmi più signora, chiamami Marina! Senti, c'è il telefono a casa tua?"

"Si."

"Allora stai tranquilla! Domani con calma, chiameremo insieme. Tutto andrà bene, non ti preoccupare! Adesso però, andiamo a dormire, è tardi, hai bisogno di riposare e anch'io, non sono abituata a fare le ore piccole come stasera. Vieni con me, eccoti questa camicia da notte, dovrebbe andare bene. Vedi, questa è la mia camera da letto, vivo sola da cinque anni ormai, da quando il mio Andrea mi ha lasciato per salire in cielo. Pace all'anima sua!"

Elisabeth nota subito sulla parete, un grande quadro rappresentante una giovane coppia.

"Questi, eravate voi due, vero?".

"Si! Questa foto ce la scattarono quando lui stava sotto le armi, era venuto in licenza quel giorno. Eravamo così giovani allora! Tanto giovani e tanto felici. La nostra felicità è durata quasi trent'anni. Era un uomo così buono, dolce, generoso. Ci siamo voluti molto bene. Un giorno, però, un brutto infarto me l'ha portato via. All'inizio, non accettavo la sua morte, ero rimasta sola in questa grande casa. Aveva fatto tanti sacrifici per acquistarla. Diceva spesso: "vedrai tesoro, prima o poi ci arriverà un figlio! Ma ahimé! Non è arrivato nessun figlio, purtroppo! Ma ci volevamo bene ugualmente. Quando è andato via, piangevo in continuazione, poi una notte, lo sognai che diceva: ˜Marina, ora basta! Non piangere più!. Ed io non ho pianto più, ho capito che non voleva vedermi più in lacrime. Ma ... Elisabeth! E' tardissimo! Ti sto annoiando con le mie chiacchiere, eh?"

No! Affatto, Marina, lei è una persona così dolce!"

"Oh! Dammi del tu! Che è questo lei? Senti, decidi tu. C'è anche un'altra cameretta qui accanto con un lettino, ci ha dormito ogni tanto mia cugina Angela, che è suora. Si occupa dei bambini all'orfanotrofio di Aguccio. Ma ultimamente è venuta di rado perché è troppo occupata in questo periodo. Puoi dormire lì, oppure se vuoi, accanto a me, il letto è così grande!"

"Allora preferisco dormire con te!"

Elisabeth bacia con affetto la donna e si mettono a letto. L'indomani mattina, dopo aver fatto una copiosa colazione, la giovane aiuta Marina a rassettare la casa.

"Come vanno le ferite cara? Un pò meglio vero? Tra qualche giorno non avrai più niente. Adesso, se mi dai il numero di casa tua, provo a telefonare così parlo con tuo padre."

"Oh! Non penso che vorrà ascoltarti!"

"Aspetta a dirlo! Adesso vediamo!"

Marina compone il numero, attende qualche secondo poi, dall'altra parte del filo risponde Matilde: "Pronto!"

"Casa Rùnfoli? Pronto signora! Siete la mamma di Elisabeth?"

"Si, sono io, mia figlia è con lei? Mi dica come sta? Le dica che le voglio tanto bene!"

La conversazione viene immediatamente interrotta da Alfonso che strappa il telefono dalle mani della moglie e con tono minaccioso: "Lei chi è? Cosa vuole?"

17

"Lei non mi conosce signore, ma ... si calmi, vede ... sua figlia Elisabeth è qui con me, vorrebbe parlare con lei, la prego!"

"Io non ho più una figlia che porta questo nome! Ce l'avevo, ora non ce l'ho più! Non chiami mai più in casa mia! Vada al diavolo!" e riattacca bruscamente.

"Mi dispiace cara!"

"Ha riattacato vero? Lo sapevo! Non mi perdonerà mai!"

"Tuo padre deve essere proprio molto testardo!"

Elisabeth inizia a piangere disperatamente.

"Dai! Basta con le lacrime. Lo sai che fa male al bambino?"

"E ora che ne sarà di me?"

"Senti Elisabeth, ascolta bene quello che sto per dirti. Io spero con tutto il cuore che tu possa riappacificarti con tuo padre, ma adesso la cosa è troppo recente, gli ci vuole un pò di tempo per fargli passare la rabbia e la delusione. Se tu lo vuoi, rimani pure con me, mi prenderò cura di te durante la tua gravidanza. Quando il bambino nascerà proveremo a richiamare di nuovo; nel caso dovesse reagire negativamente, tu potrai rimanere in questa casa con la tua creatura, tutto il tempo che vorrai. Sai, non dico che sono vecchissima, ma un giorno dovrò andarmene anche io. Nella mia vita, non ho avuto la gioia della maternità. Questa casa è troppo grande e silenziosa solo per me. Sei arrivata soltanto da ieri sera, ma sento di volerti bene come se fossi mia figlia."

"Oh! Marina! Sei un angelo! Ti voglio bene anch'io. Ma ... non me la sento di accettare, non è giusto, non posso approfittare di te in questo modo. Vedi, accetterei la tua proposta, solamente se mi trovassi un lavoro."

"Un lavoro? Nelle tue condizioni? Non se ne parla nemmeno! Non abbiamo bisogno di soldi, ne prendo abbastanza per andare avanti e poi, tengo da parte un pò di risparmi."

"Ma .." ."Niente ma! Ti prego Elisabeth! Accetta! Fammi felice! Dopo il parto, andrai a lavorare se lo vorrai, ma accetta ti supplico! Non vedo l'ora di abbracciare il marmocchietto!"

"E va bene, spero solo di poterti ripagare per tutto quello che stai facendo per me."

"Eh! zitta un pò! Piuttosto dimmi! Di quanti mesi dovresti essere?"

"Beh! ... Penso di tre mesi, tre mesi e mezzo al massimo."

"Bisognerà  fissare un appuntamento dal ginecologo per accertarsi che tutto vada bene."

"Marina ma ... mi vergogno. Da un medico del genere, non ci sono mai stata."

La donna sorride, poi: "Oh! Sciocchina! Di che hai paura? Ci sarò  anche io con te"

Infatti, una settimana dopo, Elisabeth viene visitata:  E' tutto ok! Le due donne sono particolarmente contente perché  hanno sentito entrambe il battito del cuoricino del nascituro ma non si conosce ancora il sesso.

I giorni scorrono lieti.   E' davvero una gravidanza tranquilla per Elisabeth. Accanto a Marina ha trovato la serenità e le due si vogliono bene come se fossero veramente mamma e figlia.

Passa un pò di tempo, Elisabeth è nel sesto mese ormai.

Una mattina, durante la colazione, "Marina! Marina! Metti la mano sulla mia pancia, senti come si muove!"

"Si che lo sento! Che bello!"

Poi la donna si china, appoggia l'orecchio sul ventre della ragazza e dice: "Ehi! Tu! ... mi senti? Sono nonna Marina! Come va?  Sei molto vivace vero?  Se sei un maschietto, sarai un bravo calciatore e se sei una femminuccia, sarai di sicuro una bravissima ballerina!  Non vedo l'ora di abbracciarti sai!"

All'improvviso, suona il campanello.  "Chi sarà?"

Elisabeth apre la porta e si trova davanti una suora abbastanza cicciotella con una faccia sorridente.

"Oh!  Buongiorno!  Lei deve essere Suor Angela, la cugina di Marina?"

"Indovinato! E tu devi essere Elisabeth, la pupilla dei suoi occhi?"

"Beh! Non esageriamo!"

La religiosa bacia con entusiasmo la ragazza.

"Ma non esagero affatto, Marina mi ha raccontato di te e ti vuole molto bene, credimi!"

"Grazie, anch'io gliene voglio tanto."

Suor Angela abbraccia con affetto anche Marina.

"E' un bel pò che non ti si vede!"

"Beh! Sai! Ci sono tante di quelle cose da fare all'orfanatrofio, non è facile liberarsi. Ma che bella ragazza! Avevi proprio ragione, cugina mia! E che bel pancione! A quando il lieto evento!"

"Tra due mesi e mezzo."

"Tanti auguri! Vedrai, tutto andrà bene!"

"Lo spero tanto, Suor Angela! Vuol fare colazione insieme a noi?"

"Beh! Qualcosina l'ho mangiata stamattina, ma ... come si vede dalla mia taglia, quando si tratta di mangiare, non rifiuto mai niente!"

E' vero, Suor Angela ha buon appetito, divora in un attimo due brioschie e beve due cappuccini.

"Ah! Adesso mi sento meglio!"

"Dimmi un pò cugina! Ti fermi con noi per qualche giorno?"

"No. Mi dispiace non posso, nel pomeriggio purtroppo debbo andare, ovviamente dopo aver mangiato un bel piatto di spaghetti alla bolognese, come li sai fare tu eh! Ah, ah, ah!..."
"Sei unica!"`

La giornata in compagnia di una simpaticona come Suor Angela, passa in fretta.

"Mi raccomando, appena nasce, chiamatemi subito! Tanti auguri! Ciao, ciao!"

Giorno dopo giorno, la pancia di Elisabeth si gonfia sempre un pò di più. Più passa il tempo, più si sente emozionata, è felice perché fra poco sarà madre.

Qualche volta però, è presa dalla malinconia pensando ai suoi genitori, alla sorella, ai nipotini. Marina se ne accorge subito e quando ciò accade cerca di consolarla.

"Non essere triste, cara! Dopo il parto, chiamerò tuo padre. Vorrà sapere del bambino, vedrai! A proposito! Sai che ho già preparato la valigia, ci ho messo tutto il corredino, l'ho preparato con dei colori neutri che vanno bene sia per maschio che per femmina, così quando arriverà il momento, sarà tutto pronto."

"E vero! Siamo agli sgoccioli. Potrei partorire da un momento all'altro e ti confido che un pò di tensione la sento!"

"Cara, è normale che tu ti senta un pò tesa, ma rilassati! Andrà tutto bene.

# V

Una settimana dopo: "Marina! Corri, corri! Ho dei dolori alla pancia. Si calmano per un pò, poi riprendono! Ahi! Oh! Oh!"

"Elisabeth! Ci siamo cara! Stanno incominciando le contrazioni, chiamo subito Alfredo, il nostro vicino, ci accompagnerà in ospedale. Tu però, rilassati, controlla la respirazione e sta calma!"

"Heh! ... è na parola!"

Entrano in ospedale alle ore undici e trenta e alle sedici e tre del 13 Luglio 1970, nasce un bellissimo maschietto di 3 chili e 400 grammi. Quando la ragazza lascia la sala parto ed un'infermiera l'accompagna nella sua camera, scoppia di felicità vedendo appeso alla porta, un bellissimo fiocco azzurro. Marina ha gli occhi pieni di lacrime per la commozione.

"E' andato tutto bene tesoro, ti faccio tanti auguri! Hai messo al mondo un bellissimo bambino! Guardalo, che amore! Ti somiglia moltissimo, ha gli occhi azzurri come i tuoi; che meraviglia! Elisabeth! Oggi hai fatto di me, la donna più felice del mondo."

"Anch'io sono tanto felice e questa felicità la devo a te. Senza di te, non so se ce l'avrei fatta."

"E' meraviglioso! Ma ... hai deciso quale nome dargli?"

"Ci ho pensato da tempo. Se fosse stata una femminuccia, l'avrei chiamata Marina... come te, ma siccome è nato questo bel maschietto, lo chiamerò Andrea."

"Andrea? Oddio! Come mio marito?"

"Si, e spero che sarà buono come lui!"

"Oh, Elisabeth! Ti voglio tanto bene!"

"Anch'io ti voglio bene, anzi "noi" ti vogliamo bene! Vero Andrea? Dillo a nonna Marina!"

E, comme se avesse capito quello che la madre gli sta dicendo, il bambino risponde con un "˜Ueh! Ueh!!!" Allora Elisabeth adagia la sua creatura accanto a lei, e le porge dolcemente il seno.

"Guarda Marina. Guarda come succhia bene! Sembra già di buon appetito!"

"Ah! Ah! Sai che ti dico però, devi nutrirti bene anche tu, così avrai tanto buon latte per lui, vedrai come crescerà in fretta! E' un amore! Voglio scattarvi una bella foto!"

"Si, certo! Poi però, chiedi a qualcuno di farcene un paio insieme a te."

Elisabeth e il suo bambino rimangono ancora qualche giorno in ospedale. Poi Alfredo, il vicino di casa, insieme a sua moglie Berta vanno a prenderli per portarli a casa. Marina non è andata con loro, è rimasta vicino ai fornelli a preparare tante cose buone da mangiare. Non vede l'ora di abbracciarli. Guarda l'orologio in continuazione, è così felice e non sta più nella pelle. Suona il campanello, "Arrivo, arrivo! Eccomi qua! Dov'è? Dov'è il mio tesoro?"

"Eccomi qua nonna Marina!", risponde Elisabeth al posto del neonato.

"Ma che buon profumino! Cosa ha preparato oggi nonna Marina?"

"Sorpresa! Benvenuto a casa tua Andrea! Entrate anche voi Signor Alfredo, insieme a vostra moglie, prendete una bibita, un pasticcino, per augurio al bambino! Siete stati tanto gentili."

"Elisabeth, abbiamo comprato un pensierino, spero ti piaccia."

"Grazie! Ma non dovevate prendervi fastidio! Apriamo, vediamo cos'è. Che bello! Guarda Marina! E' stupenda questa tutina! Grazie ancora!"

Marina ha imbandito la tavola della sala da pranzo, con pasticcini di tutti i tipi, pizzette preparate da lei stessa, biscotti di ogni genere, bibite, confetti: non manca niente! I due ospiti prendono un aperitivo e alcune paste.

"Prendete, prendete ancora!"

"Basta cosi, signora Marina! Sembra un banchetto nuziale!"

"Oh! Per il mio piccolo Andrea, questo ed altro!"

"Eh! Risponde scherzando Elisabeth. "Sono quasi gelosa! Andrea, Andrea! E io? Non conto più, eh!"

"Beh! Mi dispiace mia cara, ma ormai al primo posto c'è...

Andrea!"

"Ah! Ah!" La ragazza sorride abbracciando la donna, poi scherza ancora: "Amiamo lo stesso uomo!"

Alfredo e la moglie rinnovano gli auguri e vanno via.

E' quasi ora di pranzo. Ho preparato un bel sughetto; che dici? Butto la pasta?"

"Ueh, ueh!" Elisabeth guarda l'orologio.

"Forse conviene aspettare ancora un pochino. Andrea ha fame. Sono passate tre ore e mezza dall'ultima poppata."

La donna prende dolcemente il bambino tra le braccia. "Ueh! Ueh!"

"Di un pò: forza mammina! Sbrigati che ho fame!"

E' vero. Andrea ha proprio fame! Elisabeth si sbottona la camicetta e avvicina il bambino al seno. Egli apre la boccuccia, come fanno gli uccellini appena nati quando aspettano che la loro madre porti loro del cibo, ma una volta afferrato il capezzolo, non lo lascia più..

"Che tesoro! Che bel faccino rotondo, la boccuccia a cuoricino, occhi stupendi come i tuoi, diventerà sicuramente un gigante! L'amore della nonna sua! Sai cara cosa dovresti fare? Fallo succhiare ancora un pò lì, poi cambia seno."

"Si, hai ragione Marina! Forza giovanotto! Cambiamo posizione! Succhia ancora un pò da quest'altra parte!"

La mamma lo fa saziare a volontà, poi lo solleva appoggiandolo dolcemente sul suo petto e aspetta un pò per fargli fare il ruttino.

"Adesso mammina ti cambia. Sto sentendo un profumino! Andrea ha fatto caccona!"

Marina sorride divertita. E' emozionante. Elisabeth è ancora alle prime armi, ha quasi paura di fargli male, è così piccolo! Ma piano piano ce la fa. Marina nota un piccolo particolare. "Vedi Elisabeth., sul culetto, sulla natica destra, ha una macchiolina di nascita, un piccolo esagono color latte e caffè."

"Si, lo so. L'ho notato subito la prima volta che l'ho cambiato in ospedale, ma gli sta bene non ti pare? Simpatica questa cosa. Rende il suo sederino ancora più carino, no?"

24

"Si, è vero,è bellissimo!"

"Eccolo qua il nostro amore! Adesso è sazio e pulito il mio ometto! Va in braccio a nonna, cosi mamma butta la pasta, perché se mamma non mangia, Andrea non trovera più lattuccio!"

A Marina sembra ancora un sogno tenere quel bambino tra le braccia. Se lo guarda, se lo bacia, lo accarezza, lo ribacia ancora, fino a quando Andrea si addormenta, allora lo ripone con dolcezza nella sua culletta. Le due donne pranzano felici.

Quel giorno ricevono molte visite da parte di conoscenti che hanno saputo del lieto evento, e ognuno porta un pensierino per il neonato.

Verso sera, Marina chiama Elisabeth vicino al telefono. "Senti cara. Vuoi chiamare tuo padre?"

"Marina ... non me la sento. Parlaci prima tu, poi me lo passi."

"Va bene, ma te lo dico prima! Se lui sara contento che vi ritrovate, allora lo sarò pure io, ma nel caso contrario, non voglio vederti piangere, ok?"

"ok!"

La ragazza non lo dà a vedere, ma è molto emozionata, in cuor suo spera tanto che, con la nascita del figlio, suo padre la perdoni.

Marina compone il numero e attende un po ... "Suona ... suona ancora,"

Dall'altra parte del filo: "Pronto!"

"Pronto! Signor Rùnfoli?"

"Si, sono io, chi è? Cosa vuole?"

"Signor Rùnfoli! Le devo dire una cosa molto importante! Lo sa che lei è l'uomo piu fortunato del mondo?"

"Ah, si? ... ho forse vinto alcuni milioni a qualche gioco televisivo?"

"Molto di più! La prego, non riattacchi! Elisabeth ha messo al mondo un bambino stupendo!"

"Non m'importa niente! Vada all'inferno, una volta per tutte! Hai capito o no? Se ne deve andare all'inferno!"

E mette giù la cornetta. Marina è sconvolta ... non sa che dire.

La ragazza la guarda, con gli occhi umidi, sta per piangere. La donna l'attira a sè e l'abbraccia.

"No cara! Mi avevi promesso di non piangere. Ti prego! Sono delusa piu di te, credimi. Pensavo che con la nascita del bambino ... ma non ti preoccupare! Ci sono qua io a vegliare su di voi. Vi voglio tanto bene, lo sai no?"

"Lo so Marina."

"Allora, asciuga le tue lacrime! Ora chiamiamo mia cugina Angela. Avremmo dovuto già farlo prima. Faccio subito il numero. Vedrai come sara contenta! Pronto... Angela?"

"Marina, come stai cara?"

"Benissimo! E' andato tutto bene. Elisabeth è mamma di un bellissimo bambino!"

"Tanti auguri! Che felicità! Com'è? Com'è?"

"E' stupendo come la madre. Adesso te la passo, sta accanto a me."

"Suor Angela?"

"Auguri tesoro!"

"Grazie!"

"State bene sia tu che il bimbo?"

"Si, divinamente."

"Come lo chiami?"

"Andrea."

"Andrea? Che bello! Penso proprio che verrò domani mattina. Sono impaziente di conoscere questo giovanotto!"

"Ma si fermerà almeno per qualche giorno?"

"Beh! Qualche giorno sarà difficile ma resterò sicuramente a pranzare con voi, questo si!"

"Ueh! Ueh!"

"Oh! Che bella voce! Si è svegliato?"

"Si, è l'ora della poppata e quando ha fame non vuol sentir ragioni!"

"Beh! Qualcosa di me l'ha preso ... l'appetito! Ah. ah, ah! Non farlo aspettare allora, ci vediamo domani cara!"

"Ciao Suor Angela."

"Come vedo, Nonna Marina ti prende subito in braccio al primo ueh! Hai fame vero? Vieni qui piccolino!"

La ragazza allatta il suo bambino ma Marina la vede un pò triste, come se le passasse per la testa chissà che cosa.

"Cosa succede Elisabeth? C'è qualcosa che non va?"

"No, Marina, è soltanto che ... sto pensando che dovrei trovarmi un lavoro adesso!"

"Un lavoro? E per fare cosa? Non ci manca nulla. C'è forse qualcosa che tu desideri per te o per il bambino che io avrei dimenticato di comprare?"

"No, Marina cara! Anzi, è troppo quello che stai facendo per noi. Mi sento a disagio. Non è giusto. E' ora che mi rimbocchi le maniche per contribuire alle spese di casa."

"Ma di che ti preoccupi? Non ce n'è bisogno. Anzi non se ne parla nemmeno! Tu avresti il coraggio di lasciare questa creatura ogni mattino per andare a lavorare? Andrea! Ma tu stai sentendo quello che sta dicendo tua madre?"

Il bimbo succhia avidamente il seno.

"Ma quardalo, com'è carino! E' ancora cosi piccolo e poi chi lo allatta? Io forse?"

Ah! Ah! Ah!"

Le due donne scoppiano a ridere. E' vero! nonna Marina latte non ne ha ma quando crescerai un pò e mangerai un pò di tutto, Mamma andrà a lavorare."

"Beh! Si vedrà! Per adesso, vado a preparare la cena per noi due."

L'indomani, come promesso: ding dong!....

"Vado io! Angela!"

"Marina cara! Auguri! Dov'è? Dov'è?"

"Eccolo qua il nostro ometto! La Mamma ce l'ha in braccio. Sta aspettando che faccia il ruttino... ha appena mangiato."

"Che meraviglia! E' bellissimo! Guardatelo... che occhioni celesti come la madre. E' biondino, è bello grande, sembra già un bambino di due o tre mesi! Me lo dai un pò in braccio? Che meraviglia! Oh! Tesoro! Dio ti benedica! Quanto sei bello!"

La suora se lo bacia piu volte.

"Come sono felice!" La religiosa apre la sua borsa e prende una scatolina. "Ho preso un pensierino per Andrea, aprilo... vedi se ti piace!"

La ragazza apre il regalo. E' un braccialetto d'oro, sul quale è inciso il nome: Andrea.

"Quant'è bello! Guarda Marina!"

"Si, è stupendo. La maglia è lavorata in un modo particolare, è proprio bello! Perché non glielo metti al braccino?"

"Si, subito! Guardate come gli sta bene! Oh! Suor Angela, datemi un bel bacio! La ringrazio tantissimo! Ma lei ha speso tanto!"

"Macché ... sono felice che ti piaccia, è un pensiero che durerà nel tempo, così quando vedrà il braccialetto, penserà: "Questo me l'ha regalato quella cicciona di Suor Angela!"

"Ah, ah, ah!" E' una risata generale.

Suor Angela è proprio una simpaticona, mette molta allegria. Nel frattempo, il piccolo Andrea si è addormentato nelle sue braccia.

"Oh! Guardalo, guardalo! Si è addormentato! Che amore! Adesso lo ripongo nella sua culletta."

"Cara cugina Angela! Che dici, vogliamo fare subito colazione e dopo usciamo tutti insieme? Un pò d'aria farà bene al bambino! Dobbiamo anche fare un pò di spesa."

"Ah, Marina! Per me va benissimo! Purché a mezzogiorno non mi lasci digiunare, se no, non mi reggo in piedi, lo sai? Ah, ah, ah!"

Elisabeth dice: "Suor Angela! A lei piace scherzare sulla sua taglia vero?"

"Si che ci scherzo! Anche se un pò di dieta non mi farebbe male, qualche volta decido di farla, ma quando vedo la tavola imbandita di piatti fumanti e di tante cose buone da mangiare ... Dio mi perdoni, ma non resisto. Allora dico sempre .. la dieta, l'inizio domani e non l'inizio mai. Ah, ah, ah!"

"Angela! Fermati qualche giorno qui con noi! Ci divertiamo molto di piu quando ci sei anche tu! Vero Elisabeth?"

"Si è vero! Rimanga con noi un pò più a lungo!"

"Mi dispiace care, ma vedete, tanto sono potuta venire perché ho chiesto a Don Paolino se poteva far lezione ai bambini al posto mio e lui poverino, ha accettato... è tanto buono! Ha detto anche che questo pomeriggio, li avrebbe portati in campagna con lui, così sarei stata libera un pò di più, ma questa sera devo andare. Mi dispiace!"

"Che peccato!"

Le tre donne fanno colazione, poi escono all'aperto. Per Andrea, è la prima uscita che fa. Tante persone si avvicinano per vederlo e per complimentarsi con la mamma. Marina è molto fiera e vuole portare lei la carozzina. Elisabeth è molto felice di questa cosa, d'altronde, la deve a lei questa felicità.

Per la strada, Marina riassume quello che deve comprare: "Allora vediamo un pò. Elisabeth ... ci vuole il pane, il burro, cos'è che avevo detto più? ... Ah! Angela! Dimmi c'è qualcosa che preferisci in particolare per pranzo?"

"Non ti preoccupare cara, per me va bene qualsiasi cosa!"

Camminando piano piano, arrivano al mini-market, dove di solito Marina ed Elisabeth fanno spesa. Appena varcono l'entrata del negozio, le due donne vengono "aggredite" di baci e abbracci, dai padroni del locale, dalle due cassiere e dagli altri dipendenti che lavorano lì. Anche i clienti si fermano un attimo per andare a vedere il neonato, d'altronde, chi non vuole bene a due persone buone come Marina ed Elisabeth?

"Quant'è dolce! Che amore! Come si chiama?"

"Andrea."

"E' meraviglioso!"

Angelina bisbiglia qualcosa nell orecchio di suo marito, il proprietario, e subito dopo, prende nella vetrina un bellissimo orsacchiotto di peluche celeste, con un bel fiocco rosso al collo. "Questo è per Andrea! Con i nostri più cari auguri, che questo bambino possa crescere in buonissima salute, possa aver tanta fortuna ed essere tanto felice nella sua vita. Ve lo auguriamo con tutto il cuore!"

"Grazie! Grazie tanto!"

Le due donne quasi si commuovono e anche gli occhi di Suor

Angela s'inumidiscono. "Grazie ancora!"

Dopo aver fatto la spesa, ritornano a casa. La giornata passa molto in fretta in compagnia di Suor Angela.

I giorni proseguono sereni. Elisabeth acquista ogni giorno un pò più di dimestichezza nei confronti del suo bambino. Non ha più paura di fargli il bagnetto, anzi, è un momento di piacere sia per le due donne che per lui, il quale adora stare nell'acqua, e piange quando deve uscirne. Marina si diverte ad immortalare questi moment di felicità scattando fotografie.

# VI

Passano le settimane, passano i mesi. Andrea cresce bene, anche i capelli gli sono cresciuti, è biondo come lo era la madre da bambina. Prende ancora il seno, ma Elisabeth ha iniziato a svezzarlo e si sta abituando piano piano a mangiare con il cucchiaino.

E' molto vivace. Adesso capisce il gioco. Ogni giorno Marina si diverte ad insegnargli una smorfia diversa, ma quella che gli piace di più, è fare la pernacchina con la boccuccia, soprattutto quando mangia e fa schizzare la pappa addosso alla madre. Marina ride e si diverte, il bello è che ride anche Andrea.

"Bravi! Ma bravi tutti e due! Divertitevi! Di un pò giovanotto: ti diverte farmi la doccia di pappa eh? Ma quante belle cose t'insegna nonna Marina, vero?"

"Ah! Per questo è molto intelligente, impara subito subito tutto! Ah, ah, ah!"

E' fortissimo! E' davvero uno spasso. Da quando è nato Andrea, sembra che il tempo passi piu velocemente, ormai ha sette mesi. E' un bel bambino, gli sono spuntati quattro dentini, gli piace molto giocare e sorride a tutti.

Quando viene Suor Angela, lo trova cambiato ogni volta un pò di più; spesso gli porta un giocattolino e si diverte un mondo insieme a lui. Il bambino ha iniziato a farfugliare qualche sillaba "*Ta-ta-da-da-ma-ma!*"

"Marina! Hai sentito? Ha detto mamma, ha detto mamma!"

"Si, si! Ho sentito! Ma vedrai come imparerà a chiamare anche me, soprattutto dopo il regalo che sto per fargli!"

"Un regalo? Ancora un altro? Ma se gli hai comprato una culla piu grande la settimana scorsa?"

"Beh! Gli ci voleva anche un passeggino per andare in giro. Adesso è cresciuto, non ci va più nella carrozzina! Ho preso il più bello che c'era in negozio. Dovrebbero portarlo da un momento all'altro."

Il campanello suona.

31

"Dev'essere il commesso!"

Infatti è lui: ha portato il passeggino, è davvero elegante, ha anche l'ombrellino per quando c'è troppo sole.

"Sai, Marina. Mi sento in imbarazzo... è davvero troppo quello che stai facendo!"

"Non dire sciocchezze! Piuttosto, andiamo a fare una passeggiata!"

La donna accomoda Andrea seduto nel passeggino.

"Eccolo qua il nostro amore! Meglio legarti alla vita però, vivace come sei, non vorremo perderti per la strada!"

Durante la passeggiata, il bambino è particolarmente chiacchierone: "*Ta-ta ... ma-ma...*" La madre lo incoraggia a pronunciare la parola "nonna".

"Ringrazia nonna Marina! Falla contenta! Chiama la nonna: non-naaa, non-naaa!" Il bimbo la guarda per un bel pò poi risponde: "*na-naa*!"

"Prova ancora, dì: "non-naaa!"

E di nuovo Andrea risponde "*na-naa*" ... Marina sorride divertita.

"Oh! Ma sono contenta che mi chiama cosi, piano piano imparerà a chiamarmi per bene. Guardalo, oggi è particolarmente felice perché è seduto e può vedere per bene tutto quello che succede intorno a lui."

"E' vero, l'ho notato anch'io!"

"Vieni, cara, compriamoci un bel gelato! Tu, come lo vuoi?"

"Limone e fragola, grazie!"

"Si, è anche quello che preferisco io!"

Mentre le due donne se lo degustano, il piccolo Andrea le guarda e reclama gesticolando con le manine. "*Ma-ma-ma-da-da*!"

Quando la madre avvicina il gelato alla sua bocca per farglielo leccare, Andrea afferra il cornetto con le manine e non vuole più mollarlo. Elisabeth non sa come fare: se insiste per toglierclo, comincia a piangere.

"Ma guarda un pò, sto monello che sta combinando oggi!" Marina si diverte vedendo il faccino del bimbo tutto imbrattato di gelato.

"Ah, ah, ah,! Lascialo fare, dopo lo cambierai; guardalo com'è forte!" Poi rivolto al bambino: "Ti piace proprio, vero?"

Continuano a passeggiare e si fermano ai giardini publici. Lì ci sono alcune giostrine dove i bambini possono giocare. Ad Andrea, piace molto quel posto, perche s'incanta a guardare i ragazzini che si divertono.

Ad un tratto però, chiude gli occhietti... è stanco. "Elisabeth! Hai visto? Si è addormentato! Che tesoro! Rientriamo a casa, cara, così ceniamo e andiamo a dormire. Domani è domenica, si va a messa come sempre."

'Si, certo!"

Passa diverso tempo. Domani sarà il tredici luglio. Andrea compirà un anno. Ha cominciato a camminare, ha piu dentini in bocca e parla molto meglio. Non succhia piu il latte della madre e mangia un pò di tutto anche se preferisce la pasta asciutta.

Per il compleanno del bambino, Marina ha invitato la cugina e forse passerà anche Don Paolino, il vecchio parroco del paese che Marina conosce da tanti anni. La donna è molto felice e vuole preparare per Andrea una bella festicciola.

"Elisabeth. Prepara il bambino per uscire. Andiamo a fare spesa, non deve mancare nulla per la festa di Andrea, voglio preparare dei dolci, delle pizzette e tu dovrai aiutarmi, eh?"

"Certo che ti aiuto Marina cara!"

"Allora forza! ... andiamo!"

Appena arrivano davanti al mini-market, Elisabeth nota subito vicino alla vetrina, un annuncio:

*"CERCASI COMMESSA PART-TIME"*

"Guarda Marina! Salvatore e Angelina cercano una ragazza, è giusto ciò che fa per me, non trovi? Sarebbe l'ideale. Adesso Andrea non prende piu il seno, la mattina posso dargli il biberon, poi sta con te il resto del tempo. Tanto, cinque ore di lavoro passano in fretta. All'una sto già a casa e passiamo il resto della giornata insieme. Che ne dici Marina? Sarebbe un occasione da non perdere, avrei un lavoro vicino casa! E poi, è solamente per mezza giornata! Un'altra opportunità di lavoro come questa non si ripresenterà più"

"Elisabeth! Cara! Ne abbiamo parlato già altre volte. Per me non hai bisogno di lavorare, lo sai!"

"Marina. Lo so! Tu sei un angelo! Dal giorno in cui mi sentisti piangere davanti casa tua, mi hai accolta accanto a te e mi hai circondata di amore, di affetto, come se fossi stata tua figlia. Non mi hai mai fatto mancare nulla, hai dato il massimo di te stessa, di più non potevi fare. La mia vita non aveva più nessun senso, e tu mi hai ridato la gioia di vivere. Adesso ho questa creatura e lo devo a te. Marina, voi due siete tutta la mia vita. Ti voglio tanto bene! Tanto bene! Ti prego, fammi accettare questo lavoro. Vorrei fare anch'io qualcosa."

"Oh, Elisabeth. Anch'io ti adoro tesoro, ma se vai a lavorare...
... Andrea è ancora piccolino! ..."

"Ma non sarebbe tutta la giornata, e poi, la domenica e il lunedì sono giorni di chiusura e starei in casa con voi."

"Beh! ... se è questo che vuoi ... entriamo e parliamo con Salvatore, ma accetta soltanto se è part-time, va bene?"
"Va bene, Marina."

Le due donne entrano nel negozio, fanno spesa e parlano a lungo con il proprietario che convince Marina affinché permetta ad Elisabeth di poter accettare questo lavoro.

"Signora, Marina. Vede, la signorina che c'era prima, tra poco si sposa e andrà ad abitare in Svizzera. Saremo felici mia moglie ed io se Elisabeth venisse qui con noi. La conosciamo tutti, è una brava ragazza, carina, simpatica e questo è molto importante per i nostri clienti! E poi, non trascurerà affatto il bambino, non si preoccupi, tanto all'una ve la rimandiamo a casa, ok?"

"Ok signor Salvatore!"

"Allora può iniziare martedì prossimo! Ci vediamo, arrivederci!"

"Ciao."

Quel giorno Elisabeth è di buon umore. Per lei la questione del lavoro era una cosa importante.

"Andrea, tesoro! Vai un pò in braccio a nonna Marina cosi ti canta la ninna nanna che ti piace tanto e ti addormenti.

Intanto mamma inizia a preparare i dolci per la tua festa! Di un pò: nonna Marina, mi canti la ninna nanna?"

Il bambino che non perde occasione di ripetere qualunque cosa, risponde: "*Ma-i-na, na-na.*"
"Ah, ah, ah! Sei fortissimo, sai? Vieni in braccio alla tua nonna che ti canto la ninna nanna."

"*Na-na!*"

E sorridendo al bambino, inizia a cantare questa strofetta che gli piace molto: "La la lu... la la lu... Fai la nanna piccino, splendon le stelle lassù... La la lu... La la lu... Ma per me, mio pulcino, la mia stellina, sei tu... La la lu... La la lu...Oh mio dolce tesoro... E veglia il ciel su di te... La la lu... La la lu... E sui tuoi sogni d'oro... La la lu... La la lu... La la lu..."

Andrea ha chiuso gli occhietti. La donna gli dà dolcemente un bacio sulla fronte e lo corica nel suo lettino.

"Marina, sei unica! Quando canti questa canzoncina, Andrea si addormenta subito!"

"Si, è vero! Gli piace molto questo motivo! Ma approfittiamone per preparare la torta, deve essere bellissima, voglio che domani sia un giorno di festa."

"Lo sarà di sicuro!"

L'indomani, Andrea si sveglia piu presto del solito, sono appena le sei del mattino, beve il suo biberon di latte e poi inizia a chiacchierare a modo suo.

"*Ma-ma-ta-ta*"

"Buon giorno! Buon giorno chiacchierone! Tanti auguri, l'amore di nonna! Augurissimi tesoro mio. Abbraccia forte forte la tua nonna!"

Il bambino appoggia le sue manine sulle guance della donna e le dà un bel bacio.

"Oh! Come mi vuole bene il mio zuccherino!"

"Si. E non è il solo" risponde la madre.

"Oggi è un gran giorno! Nonna ti ha comprato una cosa, adesso mamma vede cos'è."

E' una scatolina. Elisabeth la apre e sgrana gli occhi quando vede quello che contiene: è una catenina d'oro vicino alla quale pende un crocifisso.

"Marina! E' stupenda! E' troppo davvero!"

"Ti piace?"

"E me lo chiedi? E' meravigliosa! Che dici, gliela mettiamo?"

"Certo!"

"Andrea! Dì grazie nonna Marina!!"

"*Azie nanna Maìna!*"

La nostra piccola famiglia è felice. Dopo aver fatto colazione, mentre Marina prepara con molta abilita', una bella pasta al forno, ed Elisabeth , un polpettone di carne con la frittata arrotolata dentro. Andrea sta giocando tranquillo per conto suo e chiacchiera in continuazione.

Verso le dieci e mezza, suonano alla porta. E' Suor Angela. Quando il bambino la vede, la riconosce subito e sorride.

"Ciao amore! Tanti auguri per il tuo compleanno! Eccoti il regalo tesoro! Vedrai come ti divertirai. E' un cagnolino di plastica, quando tocchi il pulsantino sul lato, cammina, muove la testina e fa bau bau!" Quando la religiosa aziona il meccanismo, in un primo momento Andrea si ritrae per la sorpresa, poi comincia a ridere e lo indica con il ditino: "*Ta-ta-ta!*"

"Dì grazie a Suor Angela. Fai vedere come dai bene i bacini."

Il bambino ubbidisce subito, ma il bacino lo dà al cagnolino e scoppia una risata generale.

"A me lo devi dare il bacio giovanotto... a me!" E questa volta Andrea non sbaglia bersaglio.

"Vieni un pò in braccio! Come sei cresciuto dall'ultima volta che ti ho visto! Sei bellissimo sai! Oh!! Ma cos'hai al collo? Fa un pò vedere, che bello! Chi te l'ha regalato questo qua?"

Il bambino guarda Marina e la indica con l'indice.

"E come si chiama quella la?"

Suor Angela rimane sbalordita dalla risposta del bambino, non l'ha mai sentito parlare in questo modo: "*nanna Maìna.*"

La donna gli ripete la domanda, perché si diverte a sentire la risposta: "Come, come si chiama?"

"*Nanna Maìna.*"

"Ah, ah, ah! Sei troppo forte! E quell'altra chi è?" chiede

ancora, indicando questa volta la mamma: "*Babetta.*"

"Ah, ah, ah! Non e' possibile!"

"Si cugina mia, mi sente quando chiamo la madre Elisabeth, e vuole chiamarla anche lui in questo modo. Ah, ah! E' molto divertente!"

Dopo un pò arriva anche Don Paolino.

"Buon giorno a tutti! Auguri al nostro piccolo Andrea! Gli ho portato una macchina rossa, spero che gli piacerà!"

"Oh, grazie tanto! Non doveva disturbarsi però. Andrea, dà un bacino anche a Don Paolino e dì grazie! Il bambino ubbidisce.

"Ma che bravo che sei! Lo sa Suor Angela, tutte le domeniche, viene in chiesa con la mamma e con la nonna e durante la messa non si muove, è così buono questo bambino!"

"Si, è vero!"

Marina prende dell'apperitivo e dei bicchieri per brindare alla salute di Andrea. Elisabeth tira fuori anche i pasticcini preparati il giorno prima.

"Che bontà! Sono belli da guardare, figuriamoci da mangiare! Questi fanno bene alla mia dieta: me li papperei tutti!"

"Mangiane quanti ne vuoi! Ce ne sono degli altri!"

"Hmm. Che tentazione! Io ne prendo ancora qualcuno, son troppo buoni! Domani, inizia la dieta! Ah, ah, ah!"

"Don Paolino! Spero che vi fermerete a pranzo. Faremo delle fotografie... vi prego, rimanete."

"Cara signora Marina! Vorrei rimanere, anche perché da questo dolce profumino che c'è nell'aria, deduco che ci saranno tante cose deliziose da mangiare oggi. Ma anche se rimango, non posso trattenermi troppo a lungo. Vedete! Ho un appuntamento in parrocchia alle cinque con una coppia di fidanzatini per discutere del loro matrimonio. Si tratta di Daniela, l'ex commessa del mini-market; si sposa con un ragazzo della Svizzera."

"Rimanete con noi fino alle cinque allora!"

"Va bene! Accetto volentieri il suo invito, la ringrazio molto!"

"A proposito di quella ragazza, sapete che Elisabeth prenderà il suo posto? Inizierà martedì prossimo. Veramente, io ero un pò contraria, ma poi mi sono convinta, anche perché è part-time."

"Ma si! Meglio così. A tre anni il bambino andrà all'asilo; Elisabeth è una ragazza così giovane, cosa avrebbe fatto tutta la giornata in casa? Ha fatto bene ad accettare!"

Tra una chiacchiera e l'altra, arriva mezzogiorno... è tutto pronto. Ognuno prende posto a tavola, anche Andrea che fa subito onore alla cucina pappandosi la sua porzione di pasta al forno. Ha il suo cucchiaio di plastica, ma per lui, è molto più comodo mangiare con le manine. Infatti si imbratta il faccino di pomodoro... è proprio carino! Mangia il polpettone allo stesso modo, poi, comincia a sbadigliare, è stanco: è dalle sei di stamattina che è sveglio. Allora Elisabeth lo cambia, lo lava e lo mette un pò a dormire. Quel giorno Marina è particolarmente felice e si vede.

"Don Paolino, avete notato che da quando ci sono Elisabeth ed Andrea, mia cugina si è ringiovanita, sembra un'altra persona!"

"Si, è vero! La buonanima di mio marito mi diceva: "Vedrai, prima o poi, ci arriverà un figlio. Aveva ragione, è arrivata una figlia, un pò tardi, ma è arrivata, e anche un nipotino stupendo! Si, è vero. Sono la donna più felice del mondo!"

Elisabeth l'abbraccia teneramente e dice semplicemente: "Ti voglio tanto bene!"

Dopo un pò Andrea si sveglia; sul tavolo viene appoggiata una stupenda torta, guarnita in modo sublime, è ricoperta di panna bianca e cioccolata, con sopra scritto: "Tanti auguri"; intorno è decorata con fiorellini di zucchero colorato e nel bel mezzo, viene accesa la prima candelina per Andrea. Il bambino è molto gioioso vedendo la fiammella che brilla, ha gli occhietti spalancati; tutti intorno a lui, iniziano a cantare la classica canzoncina: *Tanti auguri a te*", e lo invogliano a soffiare sulla candela. Quando viene il momento di tagliare la torta, Elisabeth non fa in tempo a scostare il bambino che, in un baleno, butta la manina nel bel mezzo del dolce e se la porta direttamente in bocca leccandosi le dita. Marina non perde occasione per fotografare questo momento unico e divertentissimo.

":Ah! La torta è proprio buona! " Parola del piccolo esperto.
La giornata finisce in bellezza e in allegria.
Gli ospiti vanno via, promettendo però di ritornare presto.

# VII

Il martedì seguente, Elisabeth inizia a lavorare. Le sue mansioni sono quelle di stare alla cassa quando ci sono molti clienti e di riordinare i diversi prodotti negli scaffali quando c'è più calma. Lei è molto soddisfatta di questo lavoro, perché sta di continuo a contatto con la gente. Tutti le vogliono bene, è sempre sorridente e disponibile verso i clienti. All'una, quando rientra a casa, il suo bambino le fa le feste, vuole andare in braccio a lei, e la bacia più e più volte.

"Marina! E' stato buono oggi il mio ometto?"

"Oh! E' un tesoro! Siamo andati a passeggio stamattina, gli ho comprato anche un paio di scarpette."

Il bambino non se lo fa ripetere, e alzando in aria la scarpa dice alla madre: "*Mamma! Pappette!*"

"Ma come sono belle! Hai detto grazie? Oggi però per la prima volta, saremo noi a fare un regalo a nonna Marina!"

La ragazza apre la porta dell'ingresso, dove ha nascosto tre pacchi e li porta in cucina.

"Marina! Questo è per te. Lo so che non è niente in confronto a quello che stai facendo per noi, ma con la mia prima paga, volevo farti qualcosa di speciale. So pure che da quando ci siamo noi, per te personalmente, non hai comprato più nulla. Spero che questo regalino ti piacerà!"

La donna è commossa e comincia a scartare i pacchi.

"Oh, Elisabeth! E' quel tailleur che avevo visto in vetrina e che mi piaceva tanto! E' bellissimo! Grazie cara. Ma questi altri due pacchi?"

"Apri e vedrai."

"Ma guarda! Anche le scarpe dello stesso colore!"

"Beh, sapevo il tuo numero... provale, se non dovessero andare bene, le posso cambiare."

"Ma vanno benissimo! E nel terzo pacchetto cosa c'e'? Vediamo!"

Appena finisce di scartare, alcune lacrime le scendono dagli occhi.  "E' stupendo!  Non me l'aspettavo questo meraviglioso cappellino, sembrerò una regina quando lo metterò'!"

"Oh, Marina cara.  Tu sei la regina del mio cuore e di quello di Andrea!"

"Grazie cara, grazie di tutto!"

Quel pomeriggio, Marina si veste a nuovo ed insieme alla sua famigliola, va a fare una lunghissima passeggiata.  I giorni scorrono tranquilli e felici.  Andrea cresce bene, è sempre al centro dell'attenzione, perché è un bellissimo bambino socievole ed affettuoso.  E' vero.  Elisabeth ha perso una famiglia;  per questo spesso soffre, ma le persone più care che contano per lei in questo momento, sono Marina ed Andrea.  Continua a lavorare al mini-market, si trova bene con tutti, e tutti le vogliono bene.  Anzi attira molti ragazzi, ma dopo la delusione amorosa che ha avuto, di uomini non ne vuole proprio sapere.

Passa ancora del tempo, arriva il secondo compleanno di Andrea.  Un'altra bella festicciola in compagnia di Suor Angela e di Don Paolino, tanti regalini e tanta allegria.  Però nonostante tutto l'affetto di Marina, spesso Elisabeth non può impedire al suo cuore di essere triste perché pensa alla madre, a sua sorella e anche a suo padre che l'ha cacciata via senza pietà.

Marina avverte questi momenti difficili e cerca in tutti i modi di coinvolgere la ragazza a fare delle cose più impegnative insieme a lei, in modo tale da farle pensare di meno al male ricevuto.  Per due o tre volte, mentre Elisabeth non è  in casa, Marina cerca di contattare telefonicamente il padre della giovane, ma quest'uomo sembra proprio una bestia. Allora Marina finisce per rinunciarci e non dice nulla ad Elisabeth, per non rattristarla ancora di più.  Meno male che c'è  lui, l'ometto di casa che riesce sempre a rallegrare tutti!  Ormai ha due anni, anche se sembra più grande della sua età, è molto intelligente e capisce tutto.

Le due donne sono riuscite persino a togliergli già  il pannolino.  E' fortissimo!  E' un chiacchierone unico, è molto vivace e bisogna tenere gli occhi bene aperti, perché mette le manine dappertutto.

Sa accendere il televisore con il telecomando, cambia i canali, ma la cosa più forte, è  quando risponde al telefono.

Marina ed Elisabeth lo lasciano fare perché è troppo divertente. Per esempio, quando la sera Suor Angela chiama, il nostro piccolo segretario corre subito a rispondere ed ecco cosa dice: "*Poto? Chi è?*"

Dall'altra parte del telefono, Suor Angela si torce dal ridere: "Andrea! Ciao tesoro!"

"*Teòro.*"

"Ah! Ah! Ah! Sei bravo tu?"

"*Si, pavo io. Nonna Maìna poppato gelato a me.*"

"Ah! Ah!,"

Marina prende la cornetta.

"Hai capito Angela? Ha detto che gli ho comprato il gelato!"

"Si, che l'ho capito. E' proprio uno spasso!"

Eh, si. Quel bambino così piccolo riesce a dare tanta carica a tutte le persone che lo circondano, lo amano tutti. Quando Marina lo porta con sè la mattina, nessuno può fare a meno di baciare il suo dolce visino sorridente. Quando entra al mini-market poi, fanno a gara per prenderlo in braccio.

Un giorno, Elisabeth rientrando dal lavoro, trova Marina più allegra del solito e la tavola con i piatti che fumano.

"Buongiorno l'amore di Mamma! Sei stato bravo oggi?"

Il bambino le corre subito in braccio felice.

"Lasciami dare un bel bacio anche a nonna Marina! Anzi, glielo diamo insieme come facciamo sempre,ok?"

La ragazza e il bambino sorridono e contemporaneamente avvicinano le loro labbra alle sue guance, chi da un lato, chi dall'altro e la baciano teneramente. Quel rituale si ripete ogni giorno, e ogni volta Marina sembra commuoversi.

"Forza ragazzi! A tavola! E' pronto! Mangiamo che dopo ho una sorpresa per voi, prima però dovrò farvi un discorso serio e poi andremo tutti e tre in un posto."

Elisabeth guarda il suo bambino e dice: "In un posto? Ma com'è misteriosa oggi la nonna! Una sorpresa? Ma che sarà? Intanto mangiamo poi si vedrà. Buon appettito!"

Andrea risponde subito: "*Bon atetito!*"

E' proprio vero, oggi Marina è un pò strana. Ha gli occhi

lucidi e sembra ansiosa di dire qualcosa che si porta dentro. Dopo aver pranzato, Elisabeth sparecchia la tavola e lava i piatti,

mentre Marina gioca come al solito con Andrea sul divano. Quando la giovane finisce di riordinare la cucina, viene invitata da Marina a sedersi accanto a lei e prendendole la mano inizia a parlare: "Vedi, cara, devo dirti una cosa molto seria e molto importante!"

Elisabeth alza le sopracciglia in segno d'interrogazione e meraviglia.

"Marina... c'è forse qualcosa che non va, che io non so? Forse non ti senti bene? Cosa ti sta succedendo?"

"Non mi sta succedendo niente, sto benissimo, anzi non mi sono mai sentita così bene!"

La ragazza tira un sospiro di sollievo.

"Ah! Meno male! Allora perché tanto mistero?"

"Vedi tesoro! Da quando sei entrata in questa casa, hai cambiato tutta la mia vita. Poi è arrivato Andrea per colmare il mio cuore di gioia. Tutta la vita insieme al mio caro marito, abbiamo sperato che io diventassi madre, questo non è mai accaduto. Dopo anni però, ho provato questa dolce sensazione, anche quella di essere chiamata "nonna", e questo, credimi, era il massimo che io potessi desiderare. Sai ... io non ti ho partorito, ma ti posso assicurare che vi amo, te ed il bambino, come se foste usciti dal mio ventre; forse anche di più!"

Elisabeth l'abbraccia teneramente accarezzandole il viso con le mani. Il bambino che sta lì vicino ripete il gesto, è una scena molto commovente.

"Marina, cara. Non hai bisogno di dire certe cose, anche noi due ti vogliamo molto bene, abbiamo solo te al mondo, più di quello che stai facendo non puoi fare."

"Sai cara, ho preso una decisione, ho già telefonato al notaio e ci aspetta per le sei questa sera. Verrà anche mia cugina Angela a fare da testimone. Ho fatto il mio testamento. Voglio che questa casa diventi tua e di Andrea. Io non sono vecchissima, però nemmeno giovanissima e se mi dovesse succedere qualcosa, morirei tranquilla, perché voi due siete la famiglia

che non ho mai avuto e mi avete resa la donna più  felice di
 questo pianeta."

Elisabeth non crede alle sue orecchie. E' sbalordita e meravigliata
dalla decisione della donna, rimane a bocca aperta non riuscendo
a rispondere nulla per un pò. Poi reagisce, "Ma ... Marina cosa
dici? Cosa ti salta in mente? Fare il testamento? Ma porta male!
Non se ne parla nemmeno! Tu devi campare cento anni ancora in
buona salute perché Andrea ed io abbiamo bisogno di te! Che
idea? Fare il testamento! Non ci posso pensare.  Strappalo subito!
Porta male!"

"Elisabeth.  Non fare la bambina! Questa è una cosa seria.  Ti
rendi conto che se dovessi morire domani, tutto quello che
possiedo, andrebbe a dei parenti che non mi hanno mai guardata
in faccia, nè prima nè dopo la morte di mio marito!"

"Marina! Ma..."

"Niente ma! I documenti sono pronti. Dobbiamo solo
autentificarli, cosa che faremo oggi stesso!"

Dopo un pò, suonano alla porta: è arrivata Suor Angela, con
un bel vassoio di paste fresche. Appena la vede, Andrea è
contento e comincia a tirarle la sottana da tutte le parti,
chiamandola per nome: "*Zi Andela, in baccio io!*"

La donna fa finta di fare l'arrabiata ingrossando la voce e dice:
"Non voglio un bruttone come te in braccio, vai via!"

Ma il bambino sa benissimo che lei scherza sempre e
continua a tirarle la sottana sorridendo: "*Zi Andela, in baccio io!*"

"Certo che ti prendo in braccio!  L'amore della zia sua, dammi
un bacio!"

Andrea avvolge le sue manine intorno al collo della religiosa e
l'abbraccia.

"Oh!  Com'è  dolce sto zuccherino mio, ogni volta che vengo,
lo trovo sempre più cresciuto, questo diventerà un gigantone!"

Suor Angela bacia anche sua cugina ed Elisabeth.

"Allora come va?  Tutto bene?"

Elisabeth è un pò tesa e dice: "Suor Angela! Io sto bene, ma Marina si è messa in testa delle cose strane! Figuratevi che ha avuto la brillante idea di scrivere un testamento. Non trova che sia una idea pazzesca? Invece di pensare a star bene!"

"Elisabeth! ... Lo so che a te sembra una cosa strana, io ti capisco sai, tu non accetti questa storia del testamento perché incosciamente, ti rifiuti di pensare ad una eventuale morte. Ma chi prima, chi dopo, moriremo tutti, cara. Vedi... è da tempo che mia cugina Marina mi aveva parlato di questo suo desiderio, e lo devi esaudire. In questo modo lei sarà completamente felice. Lo capisci che lei vuole il meglio per te e per il tuo bambino, vero? Tu non hai ancora compiuto venti anni, ma lei pensa al vostro futuro. Voi siete la cosa piu importante per lei!"

"Si, lo so."

"E allora devi rispettare le sue volontà, augurandoci di campare tutti per tanti anni ancora in buona salute! Adesso prepara un bel caffè che ci mangiamo un bel dolce. Il dolce tira su, e poi fa bene alla mia dieta ... Ah, ah, ah! Sono fresche fresche queste paste. Tu, quale vuoi Andrea? Quella a cioccolata?"

"*Si, a totolata a me*!"

Suor Angela sorride divertita,

"Ecco quella a "totolata" per il giovanotto!"

Dopo la merenda, le tre donne ed il bambino si avviano verso la casa del notaio, rimangono lì per circa un'ora per discutere del testamento. Quando escono, per la legge, Elisabeth e suo figlio sono ufficialmente gli eredi universali di Marina. La ragazza è commossa, il suo viso si riempie di lacrime, abbraccia Marina e le dice: "Non so che dirti ... dirti grazie non basta. Ti dico solo: non lasciarmi mai! Ti voglio tanto bene!"

"Anch'io ti voglio bene cara."

Effettivamente, da quando vivono insieme, le due donne sono andate sempre d'accordo. Mai una sola volta hanno litigato, per nessun motive; forse, se le due fossero state veramente madre e figlia, molto probabilmente, il loro rapporto non sarebbe stato così bello.

## VIII

Passano altri mesi. Andrea ha quasi due anni e mezzo, ma sembra più grande della sua età. Quando Marina lo porta a fare la passeggiata quotidiana, spesso si ferma davanti all'asilo, dove ci sono altri bambini un pò più grandi di lui. Le signorine della scuola materna hanno invitato più di una volta Marina a lasciare Andrea, tanto è già da un bel pò che non porta più il pannolino, ma la donna si è sempre rifiutata ringraziandole: "E' ancora così piccolo. E poi, come farei a stare una giornata intera senza di lui?! No, vi ringrazio tanto. Preferisco tenerlo con me ancora per un pò, l'anno prossimo ve lo porterò."

Infatti quando Marina sta con Andrea, ritorna anche lei bambina e non si stanca mai di giocare insieme a lui. Quando Elisabeth torna dal lavoro, li trova spesso e volentieri seduti per terra a fare giochi diversi. Marina cambia la sua voce, arriva a fare delle cose stranissime, pur di far divertire il bambino. Elisabeth li guarda sorridendo; in quel momento è difficile dire chi è più bambino dell'altro.

"Sai, Elisabeth, con Andrea qui, mi sento giovane e pimpante come un tempo, è un tesoro! Sono veramente felice!"

"Anche noi siamo felici insieme a te Marina!"

Felicità! Felicità! Si, il nostro quadretto familiare è proprio felice. Purtroppo, ignora quello che sarebbe successo tra poco.

Una mattina come tante altre, Elisabeth va al lavoro. Marina prepara Andrea per la solita passeggiata. Cammina con lui tranquilla per strada, poi decide di portarlo come tante altre volte ai giardinetti perché a lui piace molto questo posto.

Quel giorno, non è molto affollato, anzi, per la verità, è praticamente deserto. La donna si siede su una panchina con Andrea sulle ginocchia.

All'improvviso, spunta una coppia di mezza età, lui robusto, alto, con una cicatrice ben evidente sulla guancia sinistra, e lei bionda, con capelli corti. Quando Marina li nota, pensa che siano marito e moglie che passeggiano; ma ad un tratto si accostano a lei.

Quel tipaccio la colpisce più volte sulla nuca e sul ventre, mentre la sua compagna le strappa il bambino dalle braccia; l'uomo continua a colpirla brutalmente e Marina inizia a sanguinare da tutte le parti. La povera donna non ha nemmeno la forza di gridare aiuto, riesce solo a bisbigliare poche parole, mentre Andrea piange chiamando la nonna.

"Non fate del male al bambino, non fategli del male, è così' piccolo! Vi prego! Prendete me, lasciate lui, vi prego!"

"E che ne facciamo di te, vecchia? Il brodo? Non sei buona nemmeno per quello!"

Quel bruto la colpisce ancora e Marina cade a terra priva di sensi. I due malviventi si dileguano in pochissimo tempo portandosi via il piccolo Andrea. Non si sa di preciso quanto tempo la poverina è rimasta per terra sanguinante ma appena si accorgono di lei, chiamano subito un'ambulanza e avvertono Elisabeth che arriva senza fiato accanto a lei. La donna viene trasportata immediatamente in ospedale. La ragazza avverte a sua volta Suor Angela che arriva in pochi minuti. Elisabeth piange, è disperata e parla con i medici per sapere le condizioni della donna.

"Mi dispiace signorina! Mi dispiace tanto ... ha perso molto sangue... ci vorrebbe un miracolo. Comunque noi faremo il possibile per strapparla alla morte."

La giovane entra nella stanza dove hanno portato Marina. Accanto c'e' Suor Angela, piange anche lei. Marina apre faticosamente gli occhi, fa avvicinare la ragazza e con un filo di voce sottile sottile, riesce a malapena a sussurare: "Hanno preso il bambino... me l'hanno strappato dalle braccia! Ricordati Elisabeth, lui e'... un tipo alto... robusto... e con una cicatrice di circa quattro centimetri sulla guancia sinistra, lei è bionda...con...capelli biondi corti... Ricordati... la cicatrice... Adesso devo andare... la mia ora è arrivata, cara..."

"No! Marina non puoi andartene! Non puoi morire! Ho bisogno di te!"

"Non piangere, cara. Promettimi che non piangerai... Mio

marito mi sta aspettando, pregheremo insieme... da lassù, lo ritroverai Andrea... Vedrai... che... lo... ri... troverai."

Detto questo, Marina spira.  Elisabeth piange come non ha mai pianto in vita sua e gridando continua a chiamarla:  "Marina! Marina! Ti prego svegliati!  Marina!"

Suor Angela è rattristata quanto lei, ma cerca di farla ragionare.

"Elisabeth!  E' inutile chiamarla ancora, cara, ormai è salita in cielo."

"No!  Non è possibile!  Ditemi che non è vero!"

"Si cara!  E' così, non c'è più  niente da fare per lei, però dobbiamo andare immediatamente dalla polizia per segnalare la scomparsa di Andrea."

E' come se Elisabeth non capisse più niente.

"Suor Angela!  Di colpo ho perso le due persone più  care... Marina e il mio bambino. Chissà dove sarà  il mio bambino?  Dove sarà?"

"Basta piangere, non perdiamo tempo!  Passiamo per casa a prendere qualche foto di Andrea e andiamo subito al commissariato."

Lì,  la giovane porta alcune fotografie dove c'è un bel primo piano di suo figlio. Viene interrogata e lei riferisce tra le lacrime, quello  che Marina ha detto prima di morire, fornendo i dati somatici dell'uomo che ha rapito il bambino.

"Signor commissario. La prego, mi aiuti a ritrovare il mio tesoro!  Non posso vivere senza di lui!  La supplico, faccia qualcosa o impazzirò!"

"Signora, lei personalmente non può  fare nulla, per cui le consiglio di rientrare a casa e cercare di darsi una bella calmata, noi faremo il possibile, glielo assicuro, per ritrovare il bambino sano e salvo. M'impegno personalmente come se si trattasse del mio proprio figlioletto. Farò  mettere dei posti di blocco in tutta la zona. Lei intanto, cerchi di stare calma.  Lo so che è sconvolta per quello che è  successo, ma non si lasci andare. Lei è così pallida, cerchi di mangiare un pò, glielo dico come se fosse mia sorella. La chiamerò appena ci saranno delle novità, oppure può chiamarmi lei, a qualunque ora. Sono a disposizione, le prometto che ci impegneremo tutti al massimo, affinché vada tutto bene."

"La ringrazio molto."

La ragazza rientra a casa insieme con Suor Angela che non l'ha lasciata nemmeno un istante. Appena varca la soglia di casa, scoppia in un pianto disperato. Si guarda intorno, poi buttandosi sul divano grida:

"Perché? Perché doveva succedere questo? Perché?! La mia famiglia mi aveva scacciata. Era apparsa lei, come un angelo, m'ha aiutato, e, come un angelo custode ha vegliato su di me e su di Andrea, privandosi di tante cose per non farci mancare mai nulla. Perché fare del male ad una persona dolce come lei? Era così felice ultimamente. Perché?!"

"Calmati cara. Ti preparo una camomilla."

"No, grazie, Suor Angela, non mi va niente. Dove sarà il mio bambino? Dove sarà?!"

"Hai sentito il commissario? Faranno il possibile per ritrovarlo e con l'aiuto di Dio, speriamo che ciò accada al più presto. Intanto, domani dobbiamo andare in ospedale per le formalità del funerale della mia povera cugina."

La ragazza ricomincia a piangere, è all'estremo delle forze, ha gli occhi gonfi e arrossati. Ad un tratto, sobbalza al suono del campanello. Spera le diano notizie di suo figlio. Purtroppo, è soltanto il suo datore di lavoro insieme alla moglie che le fa visita. I due abbracciano la giovane donna che non riesce a dire granché, ma i suoi occhi mostrano tutta la disperazione che si porta dentro.

"Elisabeth, sappi che ci dispiace tantissimo per Marina, sappiamo che per te era più di una madre, Dio l'abbia in gloria. Per quanto riguarda Andrea, tutti i dipendenti sono solidali con te e cercheranno in qualche modo di ritrovare il tuo bambino. Per il lavoro, non ti preoccupare. Lo riprenderai se e quando lo vorrai. Se nel nostro piccolo, possiamo esserti utile per qualsiasi cosa, saremo felici di farlo. Non sarai mai sola... puoi contare su di noi in qualsiasi momento; ti auguriamo di ritrovare il tuo bambino al più presto. Non buttarti giù e non piangere. La Signora Marina non avrebbe voluto vederti piangere in questo modo, credici."

"Si, lo so. Vi ringrazio tanto, siete molto gentili."

"Il nostro numero di telefono lo conosci: se hai bisogno di noi, chiamaci senza esitare. Ciao cara!"

"Ciao, e grazie ancora."

Quando i due vanno via, Suor Angela prepara due tazze di camomilla e ci mette un bel pò di zucchero.

"Forza Elisabeth. Bevi almeno questa, altrimenti domani non ce la farai ad alzarti, invece devi essere forte! Altrimenti, come farai per cercare tuo figlio?"

"Non mi va proprio, mi dispiace."

"Sforzati ... dai! Fallo per Andrea che ha bisogno di te!"

Sentendo queste parole, la ragazza prende la tazza e comincia a sorseggiare, anche se ad ogni sorso che manda giù scende giù anche una lacrima.

"Per un pò di tempo, rimarrò qui con te. Non ti lascerò sola, tesoro."

"Grazie, Suor Angela."

"Adesso però, andiamo a dormire, cerca di riposare un pò,. altrimenti domani non ti reggerai."

L'indomani mattina, la suora fa fatica a convincerla a mangiare una briosche, a bere un pò di latte, ma dopo tante insistenze ci riesce.

"Lo sai, Suor Angela, questa notte ho sognato Marina che mi diceva 'Non ti preoccupare, lo ritroverai il nostro Andrea'!'"

"Certo che lo ritroverai!"

Le due donne si recano in ospedale dove viene loro comunicato che i funerali di Marina si faranno l'indomani. Subito dopo, vanno dal commissario per vedere se ci sono notizie del bambino, ma purtroppo sembra svanito nel nulla.

Elisabeth è tesa, preoccupata come non lo è mai stata. Vorrebbe lasciarsi andare, ma poi le vengono in mente le parole che Marina le ha detto in sogno e, all'improviso, una forza interiore le fa venire la voglia di reagire. Ha portato con sè dei soldi che sono i risparmi che lei ha messo da parte lavorando, è disposta a spenderli tutti pur di ritrovare Andrea.

"Signor Commissario! Lo so che lei ha fatto diramare dei volantini con la fotografia di Andrea, sono disposta a pagare, me ne può fare qualche centinaia in più? Glieli pagherò? Vede, i miei colleghi si sono offerti di aiutarmi e sono disposti a girare con me in macchina anche allontanandoci di più, così avrò più possibilità di ritrovare mio figlio."

"Certo Signora. Non ci sono problemi!"

"Inoltre, vorrei chiederle se è in grado di indirizzarmi a delle persone specifiche. Vorrei fare un appello per radio e possibilmente anche in televisione."

"Si, signora. E' possibile anche questo, ma le costerà un bel pò, mi dispiace."

"Commissario, in questo momento i soldi non hanno nessun valore per me. Lavorerò tutta la vita anche di notte se necessario, purché io ritrovi il mio bambino!"

"Certo, la capisco signora cara! Mi lasci 24 ore di tempo per organizzare gli appuntamenti con queste persone. Le prometto che entro dopodomani, le darò gli indirizzi e numeri di telefono che mi ha chiesto. Per quanto riguarda i volantini, se aspetta gentilmente una decina di minuti, le faccio subito duecento fotocopie."

"Bene, aspetterò."

L'uomo si mette immediatamente all'opera e nel tempo stabilito, le copie sono pronte.

"Quanto le debbo per questo lavoro?"

"Non mi deve niente signora. Le ho fatto questo favore come se l'avessi fatto ad una mia amica. Ho preso a cuore questo caso e le assicuro che spero quanto lei che possa al più presto riabbracciare suo figlio."

"La ringrazio molto. Lei è stato molto gentile."

Uscendo dal Commissariato con le copie, Elisabeth è disorientata. Non sa di preciso cosa fare.

"Suor Angela, fermiamoci al mini-market, lì qualcuno mi aiuterà."

Infatti, appena entra, i suoi colleghi la circondano.
"Ragazzi! Ho bisogno di voi. Ho fatto fare le copie dei volantini.

Chi sarebbe disposto a girare con me per distribuirli un pò nei paesi intorno? Io pagherò la benzina e la giornata di lavoro che perderete."

Tutti gridano in coro: "Io! Io! E non dire sciocchezze! Tu non devi pagare proprio niente, d'altronde, il tuo Andrea è anche un pò di noi tutti. Ci organizzeremo in questo modo: faremo a turno ogni giorno per accompagnarti. Speriamo di ritrovarlo presto il nostro giovanotto!"

"Vi ringrazio amici miei!"

"Suor Angela! Se vuole, può andare all'orfanatrofio dai suoi bambini, oggi girerò insieme a Claudia, la seconda cassiera."

"Va bene cara. Promettimi però di stare calma, ok?"

"Ok! Ci provero!"

Elisabeth e Claudia si mettono in macchina e cominciano a girare senza una meta precisa. Si allontanano di circa venti - trenta chilometri, poi si fermano, scendono e con la fotografia in mano, iniziano a chiedere per strada: "Senta! Non è che per caso ha visto questo bambino? E' stato rapito da un uomo con una cicatrice sul viso, insieme con una donna con i capelli biondi e corti."

"No, signora! Mi dispiace."

Camminano a piedi per un bel pò, poi ricominciano entrambe ad interrogare la gente. E ogni volta ricevono la stessa risposta: "No, signora! Mi dispiace!"

Allora le due donne tornano alla macchina, fanno un'altra ventina di chilometri e ripetono la stessa operazione; purtroppo la risposta è sempre uguale. Girano ancora per il resto della giornata, incollando i volantini un pò dappertutto, ma nessuno sembra aver visto Andrea e tantomeno i suoi rapitori.

Sta calando il buio e non c'è stato nessun risultato. I nervi di Elisabeth stanno per cedere, è scoraggiata e inizia a piangere.

"Non disperarti cara. Sai, non è semplice, bisogna ammetterlo, può anche darsi che noi abbiamo preso questa direzione, mentre chissà quale altra direzione avranno preso quei malviventi. Ci sono mille possibilità. Ti rendi conto che non è facile. Perciò non devi scoraggiarti, se non è oggi sara domani, sarà dopodomani, ma lo ritroveremo Andrea, vedrai!

Asciuga le tue lacrime e cerca di mangiare qualcosa, questa sera: Io, ho mangiato un panino all'una, ma tu, stai proprio digiuna. Come farai a continuare le ricerche se non ti reggi in piedi?"

"Hai ragione, Claudia. Ti ringrazio per avermi aiutata. Prendi questi soldi per la benzina."

"Non se ne parla nemmeno!"

"Insisto, altrimenti non mi farò più aiutare."

Claudia non osa contraddirla.

"Ci vediamo!"

"Ciao!"

A casa, Suor Angela la sta aspettando. Ha preparato un brodino, ma dalla faccia di Elisabeth, capisce che non c'è nessuna novità. La giovane donna abbraccia la religiosa.

"Oh! Suor Angela! Dove hanno portato il mio bambino? Che ne sarà di lui? Che ne sarà di me? Senza di lui, non voglio più vivere!"

"Non disperarti in questo modo! Dai tempo al tempo ti prego. Vedrai che lo ritroveremo cara. Lo ritroveremo! Adesso però, devi mangiare qualcosa, sei pallida come un lenzuolo; dopo vai a riposarti, sei stanca, ti reggi a malapena in piedi."

Controvoglia, la ragazza riesce a mandar giù qualche cucchiaio di brodo, poi si addormenta esausta sul divano. L'indomani mattina, la salma della povera Marina arriva in chiesa e Don Paolino celebra l'ultima messa in suo onore. La commozione è grande, la chiesa è colma di persone che piangono per la perdita di questa signora dal cuore d'oro. Il vecchio parroco deve fare uno sforzo enorme per controllare le sue lacrime e per riuscire a continuare a celebrare la messa. La voce gli trema, poi, prima d'uscire per accompagnare la povera Marina al cimitero, si avvicina alla salma e rivolgendosi all'assemblea dice: "Abbiamo perso una cara amica, tutti le volevano bene perché era buona, resterà nel cuore di noi tutti, e mai nessuno potrà cancellare dalla propria mente, il ricordo del suo dolce sorriso.

Poi, nel massimo silenzio, si forma un corteo che accompagna Marina per il suo ultimo viaggio. Non manca nessuno al suo funerale, ci sono anche i bambini dell'asilo, insieme alle loro maestre. Si erano affezionati a Marina ed Andrea in quanto questi si fermavano, quasi ogni giorno, un pò insieme con loro. Ogni bambino porta nella manina, una rosa per Marina. E' una scena molto commovente. Durante il tragitto per arrivare al cimitero, Elisabeth non smette di piangere e ripete di continuo a bassa voce: "Perché? Perché?" Anche Suor Angela piange, ma è più forte della ragazza. Dopo aver dato l'estremo saluto alla dolce signora, tutti fanno rientro a casa. La giovane donna è stanca, ha pianto molto, troppo, pertanto ha un crollo improvviso, le gira la testa e si appoggia sul divano.

"Elisabeth! Ti preparo subito un pò di carne. Lo vedi che non ce la fai più?"

"Suor Angela, è solo un abbassamento di pressione... mi passerà... non mi va niente."

"Non voglio sentire più storie! Adesso devi mangiare e basta! Non puoi andare avanti così! Credi che a Marina farebbe piacere sapere che tu ti lasci andare in questo modo? Cerca di reagire un pò, anche controvoglia! Sei madre di un bellissimo bambino che sicuramente sta benissimo, ma sta aspettando che tu lo vada a prendere. Ricorda che domani il Commissario ti darà la possibilità di fare degli appelli. E come vorresti farli, se non ti senti bene? Perciò mangia, cerca di buttar giù i bocconi, come se facessi un sacrificio per tuo figlio."

Infatti, quella carne nel piatto le dà la nausea, ma poi pensando che fra poco passerà Giuseppe, il suo collega del reparto latticini, per andar insieme a lei in cerca di Andrea, si dà coraggio e manda giu la carne. Quando Giuseppe arriva, Elisabeth scende con i volantini, la colla e tanta speranza nel cuore. I due salgono in macchina e si avviano, questa volta nella direzione opposta a quella presa il giorno prima con Claudia.

Scendono e fanno le solite domande ma purtroppo ricevono sempre la stessa risposta negativa. Queste ricerche si prolungano fino a sera inoltrata, sempre senza successo. Anche questa sera

Elisabeth rientra a casa piangendo, ma Suor Angela la rincuora: "Ha telefonato il Commissario. Domani mattina possiamo andare nel suo studio e ci darà l'informazioni che gli hai chiesto."

L'indomani, la ragazza si alza di buon'ora, prepara il caffè ed è lei ad offrirlo a Suor Angela questa volta.

"Dio sia lodato figlia mia. L'hai capito che devi essere forte e devi reagire?"

"Si, l'ho capito, Suor Angela. Anche se non sara facile per me mantenere la calma."

Poco dopo, le due donne stanno di fronte al Commissario.

"Purtroppo Signora, non c'è stata alcuna segnalazione, di nessun tipo, mi dispiace! Ma le ho procurato un appuntamento con la radio tra un'ora. Basterà che lei parli per telefono quando la chiameranno qui, e la sua voce andrà in onda. Poi verso le undici, verrà personalmente qui, un mio amico giornalista, la riprenderà con la sua telecamera e manderà in onda il filmato nei diversi telegiornali regionali, per almeno una settimana. Potrà in questo modo, fare un accurato appello e speriamo di avere qualche risultato. Anzi, le do un consiglio: perché nel frattempo non si prepara un discorsetto scritto? Cosi eviterà di fare degli errori, lei è troppo tesa in questo momento."

"Si, ha ragione. Scriverò tutto su un foglio."

Su di un foglio di carta, Elisabeth scrive quest'appello: "Gentili telespettatori! Alcuni giorni fa, un uomo robusto con una cicatrice sulla guancia sinistra, insieme alla sua compagna, bionda con capelli corti, ha aggredito e portato alla morte la donna che mi ha amata come una madre. Fuggendo, ha portato via il mio bambino di nome Andrea, di due anni e mezzo. Sembra piu grande della sua età, è biondino, ha il faccino tondo, gli occhi celesti, la boccuccia a cuoricino, è un bambino buono e socievole. Invito tutte le persone che potrebbero aver visto questa coppia, con un bambino che potrebbe essere Andrea, a mettersi in contatto con il Commissario o personalmente con me. Lancio un appello inoltre ai due rapitori: non fate male al mio bambino! E' cosi piccolo! Ha bisogno della sua mamma! Sono disposta a darvi tutto quello che possiedo, purché mi riportiate il mio Andrea. Non posso stare senza di lui, non ce la faccio più! Vi prego!"

Elisabeth inizia a piangere disperatamente.

"Non ce la faccio più, vi supplico!"

Tra le lacrime, la giovane ringrazia, e il suo cuore adesso spera un pò di più, spera che con questi due appelli accorati, qualche risulato presto ci sarà.    Il Commissario, che si è commosso anche lui, appoggia dolcemente una mano sulla spalla della donna e dice: "Vedrà che qualcosa verrà fuori."

Il pomeriggio, Elisabeth insieme con un'altra collega, ripete il lavoro di ricerca, cambiando zona, ma anche oggi la fatica è stata inutile.

Il giorno dopo, idem, il giorno dopo ancora.    Passa una settimana, passa un mese, e nessuna novità.    Possibile che nessuno abbia visto questa coppia di malviventi con il bambino? Sembra che si siano volatilizzati del tutto.    Non una segnalazione, non una telefonata, niente!  Niente... di niente!

Elisabeth è scoraggiata, non ce la fa più, è molto dimagrita, non ha piu nemmeno voglia di reagire. A malincuore, Suor Angela deve rientrare all'orfanotrofio.

"Vorrei rimanere qui con te cara, ma davvero non mi posso più fermare, i bambini hanno bisogno di me, mi dispiace!  Perché non vieni a stare con me?"

"Non posso, Suor Angela.  Lei vada però.  E' stata troppo buona a rimanere tutto questo tempo qui con me, ci terremo spesso in contatto.  Io vorrei lasciarmi morire,  la mia vita non ha piu senso e, rimanere in questa casa piena di ricordi, piena delle fotografie che Marina amava fare ad Andrea, mi provoca un grande dolore al cuore. Vorrei non esistere più, lo ripeto a me stessa molte volte al giorno.  Ma al mattino quando mi sveglio, penso... penso.... forse oggi lo ritroverò, oggi sarà il grande giorno... mi riporteranno Andrea... allora mi ritorna la voglia di vivere.  Ho deciso di riprendere a lavorare part-time come prima. Ho anche deciso di non disturbare piu i miei colleghi.  Con i soldi del mio lavoro, farò delle ricerche per conto mio e non mi arrenderò fino a quando non avrò ritrovato sano e salvo il mio tesoro."

"Sono contenta di sentirti parlare in questo modo. Io debbo andare, ma non sei sola, sai dove trovarmi.  Puoi venire, puoi telefonare quando vuoi se hai bisogno di qualcosa e ricordati di non scoraggiarti mai.  Quando ti senti prendere dallo sconforto, allora prega! Prega cara! La preghiera aiuta a superare i momenti difficili.  Non perdere mai la fede e prima o poi vedrai, tornerà la felicità in questa casa."

Felicità...  Felicità...  Quasi Elisabeth non ricorda piu il significato di questa parola. Intanto...

## IX

A poco meno di cento chilometri da lì, Sergio Laccone, detto "lo scarafaggio", perchè è stato sempre un buono a nulla, insieme alla sua compagna, che non è da meno, vive tranquillo in una villetta in periferia. Sono loro due i malviventi senza scrupoli che hanno rapito il piccolo Andrea. Finora lo hanno nutrito solo con latte e qualche biscottino. Il bambino piange spesso ed è anche dimagrito.

Appena portato in casa, gli hanno strappato dal braccino, il braccialetto che Suor Angela gli aveva regalato quando era nato ed è cosi che i due hanno saputo che il bambino si chiamava Andrea. Da quel giorno lo hanno tenuto segregato senza farlo uscire nemmeno una volta.

Lui si è fatto crescere i baffi e anche una lunga barba in modo da non far vedere piu la cicatrice, e lei si sta facendo allungare i capelli dopo averli gia tinti rossi rame. Chi potrebbe sospettare di loro cosi camuffati?

"Hai visto polpettone mio. Questo braccialetto deve costare un occhio della testa!"

"Si! Hai ragione. Ma bisognerà aspettare un bel pò per rivenderlo, se lo facessimo adesso, qualcuno potrebbe sospettare. Hai sentito la madre in TV? E' disposta a sborsare parecchio in cambio del moccioso, ma, maledizione! Non possiamo chiedere un riscatto, ci beccherebbero subito. Porco boia!"

"Si, è vero. Meglio non rischiare. Tanto, con il tempo, ci frutterà un bel gruzzolo come gli altri. Intanto, per adesso, il bamboccio non deve assolutamente mettere il naso fuori di qui. Quando uscirà, sarà cresciuto e nessuno lo riconoscerà. Già adesso è molto cambiato, infatti è dimagrito e non ha piu il suo faccino tondo come ha detto la mammina in TV. Però per la sua età ha le spalle larghe. Qualcosa mi dice che lavorerà bene per noi! Io faccio sempre dei buoni affari, pupa!"

"Si, è vero polpettone mio! Per questo mi piaci!"

"Anche tu mi piaci! Lo sai che questo rosso rame sulla tua capoccia ti dona molto!"

"Ah, si! Baciami polpettone!"

Andrea piange. Piange quasi di continuo mentre quei due porci si baciano ignorandolo completamente.

"Eh! Zitto un pò. Porco boia! Mi hai stufato!"

"Non urlare, altrimenti piange ancora di più. Vedrai quando si stancherà si fermerà."

"Ma si. Non si muore con il pianto; baciami ancora pupa!"

Il povero bambino è capitato proprio in mano a due bestie.

I giorni passano... le settimane...i mesi... ma del piccolo Andrea nessuna notizia. Elisabeth ha ripreso il lavoro: prima per distrarsi almeno mezza giornata e poi, per guadagnare un pò di denaro che spende regolarmente per ritrovare suo figlio: infatti, il pomeriggio mette in borsetta alcuni volantini e prende l'autobus cambiando ogni volta direzione. Ogni volta, scende e vaga per le strade per ore e ore chiedendo qua e là notizie di Andrea. Ma ogni sera rientra a casa, sempre piu stanca e scoraggiata.

"Dove sarà il mio bambino? Chi lo sa?"

Se lo chiede in ogni istante. Non mangia molto... si nutre quel poco che basta per tenersi ancora in piedi. Tante volte prende l'album con le fotografie e lo sfoglia, lo guarda e lo riguarda più e più volte. Lì dentro sono immortalati i momenti piu belli della sua vita insieme a Marina ed Andrea. In quel momento, è presa dalla disperazione piu totale... a volte per ore, e si domanda: "Possibile che nessuno abbia visto il mio bambino?"

Infatti, è molto strano dopo tutto questo tempo. E' passato quasi un anno e non si è saputo niente, niente, niente. Elisabeth decide di rinovare l'appello alla radio e in TV ma fa un buco nell'acqua.

Passa un altro anno ancora. La giovane donna non sa più cosa pensare. A volte pensa anche al peggio.

"Chissà? Forse quegli esseri spregevoli hanno ammazzato il mio bambino?" Ma subito dopo dice: "Non puo essere! Sicuramente è ancora vivo e sta benissimo. Forse sono delle persone che non hanno avuto figli e se lo sono preso?"

Quante domande! Quante domande si fa, poverina, quante domande senza risposte finora!

Intanto, in casa Laccone, Andrea è cresciuto. Ha quasi cinque anni, non è piu un bambino biondo perché i suoi capelli sono diventati castani, non ha nemmeno più il faccino tondo di quando era piccolino, ma un faccino magro che non sorride praticamente mai.

Andrea dorme in cantina, in condizioni a dir poco disumane, su due o tre cartoni adagiati per terra con una vecchia coperta... è questo il suo letto. Ma non è solo, con lui ci sono cinque ragazzi dai dodici ai quindici anni, vivaci, maleducati e scorbutici.

Questi cinque sono piu fortunati di lui perche dormono su una branda. Essi adorano il loro padrone cioè Sergio Laccone: per loro, è un idolo... è il loro salvatore perche questi sono tutti scappati di casa spontaneamente e lui ha dato loro un "tetto". Si danno alla delinquenza, sono degli ottimi borsaioli e sono specializzati in furti vari.

Ovviamente questo mestiere glielo ha insegnato cosi bene il padrone di casa. E così, ogni giorno, questi si ritrovano con delle borsette piene di soldi, gioielli o altra merce pronta ad essere rivenduta. Tutti chiamano il loro *benefattore*: "capo!". "Capo qua... Capo là..." Tutto quello che dice il capo è sacro. Lo rispettano come se fosse il Presidente della Repubblica. A dire il vero, la compagna di Laccone tratta benissimo i cinque ragazzi e prepara loro ogni giorno dei piatti prelibati. Sfido che li tratta bene! Grazie a loro, è diventata ricca e lo diventa ogni giorno un pò di più. Lei è felice soprattutto quando uno di loro ruba un gioiello per lei. Essi sono molto abili nel praticare questo mestiere in quanto hanno avuto un ottimo maestro che ha insegnato loro come agire senza farsi beccare dalla polizia. Solo il piccolo Andrea è trattato male da tutti, gli danno da mangiare quel poco che basta. Spesso lo portano con loro per insegnargli a rubare ma è un bambino troppo buono e timido. Figuriamoci se è capace di fare una cosa simile!

Ogni volta che rientra a mani vuote, il crudele Laccone gli fa abbassare i pantaloni e con la sua cinghia, gli dà due o tre frustate.

Il malvivente gli ha fatto credere che i suoi genitori erano amici suoi, che sono morti in un incidente stradale e così, per pietà, si occupa di lui. Quel bruto lo maltratta spesso e volentieri, fisicamente e psicologicamente.

"Quando imparerai a portare un pò di soldi? Da quando i tuoi genitori sono morti, mi sono preso cura di te. Tu non sei come loro cinque, loro sì che sono degli uomini! Alla tua età portavano a casa già un bel bottino, invece tu, sei proprio un babbeo! E poi, vorresti da mangiare di più? Tu sei solo un mangia-pane a tradimento. Cerca di imparare da loro! Hai capito?"

Il bambino piange tenendosi il culetto con la manina.

"Avete fatto bene a dargliele, capo! Questo è proprio un imbranato! Non capisce niente!"

"Senti, piccolo orfano. Da oggi in poi, ti metterai con discrezione agli angoli delle strade a chiedere l'elemosina. Se qualcuno vuole sapere di te, dì solo che sei un povero orfano e non permetterti mai di pronunciare il mio nome altrimenti ti ammazzo! Hai capito bene? Tu non mi conosci! E cerca di guadagnarti la giornata in qualche modo: o impari a ripulire le vecchiette come fanno gli altri o vai mendicando, ma datti una mossa, piccolo pezzente! Sto già facendo un favore ai tuoi genitori che sono crepati! Hai capito?"

Il bambino è impaurito e annuisce con la testolina.

Che essere malvagio! Come si fa ad essere cosi crudele con un bambino di solo cinque anni, facendogli credere che i suoi genitori sono morti? Come si fa? Ma Laccone è un uomo cattivo, spregevole e senza coscienza.

Passa dell'altro tempo... tanto tempo ancora, quasi altri due anni. La vita non è assolutamente facile per Andrea. Non è riuscito a rubare mai niente. Tutto quello che è riuscito a fare, è stato di mendicare qualche volta, vergognandosi, ma lo ha fatto quasi solo per fame perche quel malvagio di Laccone lo ha spesso fatto digiunare. Povera creatura! Che infanzia sfortunata!

Il bambino però, sa piu o meno cosa significa pregare, ma non sa pregare perche nessuno glielo ha mai insegnato. Sa che esiste la Madonna e il Buon Gesù e che si puo chiedere loro dei favori. Allora Andrea spesso si ferma all'entrata di qualche chiesa o quando vede qualche cappella, si fa il segno della croce e prega a modo suo:

"O, Buon Gesù! O brava Madonnina! Spero che il mio papa' e la mia mamma stiano bene in cielo con voi... me li salutate per favore! Amen."

Elisabeth da parte sua, continua a lavorare al mini-market. Abita sempre nella casa che Marina le ha lasciato, casa diventata ormai troppo silenziosa da quel bruttissimo giorno. Adesso ha 25 anni. E' ancora giovanissima: infatti, non aveva ancora compiuto 18 anni quando nacque Andrea ma si sente già cosi vecchia. E' sempre una bella ragazza, questo si, ma il suo cuore è sempre triste... tanto triste... e come potrebbe essere altrimenti? La sua vita ormai è fatta di soli ricordi, di pianti, di nostalgia, di tanta amarezza, ma anche di tanta speranza perché lei non ha mai perso la speranza di ritrovare un giorno suo figlio. E' questa speranza che non muore mai che le dà ancora la forza di sopravvivere, anche se non è facile.

E' passato molto tempo e i momenti difficili da superare sono stati tanti ma lei non ha mai perso la fede e va ogni domenica ad ascoltare la Messa che celebra Don Paolino come faceva prima con Marina ed Andrea. Prega, prega tanto, e chiede alla Vergine di farle riabbracciare un giorno il suo tesoro. Chissà se un giorno questo accadrà?

Passano ancora alcuni mesi. Gli scagnozzi di Sergio Laccone hanno tentato in tutti i modi di insegnare ad Andrea a rubare, ma quest'ultimo proprio non è tagliato per fare questo ed un giorno rientrando: "Capo! Capo! Questo rimbambito! Per poco gli sbirri ci beccavano per colpa sua. Non lo vogliamo più con noi, altrimenti prima o poi, ci beccano, capo! Tanto, se non ha imparato a rubare finora, non ci riuscirà mai; meglio sbarazzarcene altrimenti finiamo nella merda!"

"Avete ragione ragazzi! Senti tu! Dovresti avere più o meno otto anni... ho aspettato tutto questo tempo... ti ho dato più di una possibilità! Adesso basta! Non sei stato un buon affare per me!

Ti accompagnero con la macchina lontano da qui e ti lascerò in un paese a caso.   Dovrai sbrigartela da solo, ma ricordati, se ti chiedono chi sei, tu risponderai che sei solo un povero orfano. Non mi hai mai conosciuto e non pronunciare mai il mio nome, altrimenti sei morto!  Se non ti ammazzo io, ci penseranno i miei cari scagnozzi!  Hai capito bene?  Tu, non mi conosci!  Non mi hai mai visto in vita tua!  Capito?"

"Si.  Ho capito!"

E cosi quel verme sbatte il bambino in macchina e lo porta ad una sessantina di chilometri di distanza.  Poi lo fa scendere e gli ripete: "Non mi conosci!  Non mi hai mai visto!"

"Si, signore!" risponde il ragazzino e la macchina si allontana a tutta velocita.

# X

Andrea si ritrova in un paese che non conosce. E tanto meno sa leggere le indicazioni stradali perche non è mai andato a scuola. Non sa nemmeno cosa significa la scuola. E' solo, lì in mezzo a quella strada, ma non è questo che gli fa paura, tanto... è stato sempre solo in vita sua, anche se stava con quei cinque delinquenti, con Laccone e la sua compagna che gli hanno fatto solo del male finora... solo botte e maltrattamenti, non conosce una parola gentile. Beh! In tutta sincerità, Andrea non sa cosa l'aspetta da oggi in poi, però, si sente felice, felice perche sa che non proverà mai piu la cinghia di quel brutto. Dopo averne passate tante, troppe per la sua tenera età, può dire finalmente: "Sono libero! Libero!"

E' bella la libertà, si, certo!... ma è pur sempre un bambino di solo otto anni. Che ne sarà di lui? Dove andrà? Cosa farà tutto solo? Quello che ha sempre fatto? Mendicare? O chiedere qualche pezzetto di pane per placare la sua fame? Nonostante prima dormisse per terra, aveva almeno un "tetto", ma adesso...?

Andrea è un bambino esile perche non si è mai nutrito a dovere, ma è abbastanza alto per la sua età. E' un ragazzino buono e nonostante tutte le lezioni per imparare a fare del male, è di animo buono e gentile. No! Non sarebbe mai e poi mai diventato un ladro!

Cammina per un pò non sapendo dove andare, il suo pancino comincia a brontolare per la fame. Vede un contadino nel suo giardino impegnato a raccogliere le mele. Appena lo vede, il bambino vince la timidezza e lo chiama: "Signore! Posso aiutarla se vuole! Non voglio niente in cambio, vedo che lei ha molto lavoro: ha molte casse pronte per essere riempite. La prego, mi faccia entrare nel suo giardino, le darò una mano, poi, se sarà soddisfatto del mio lavoro, sarò felice di ricevere una delle sue mele, sembrano buone e io ho tanta fame, signore!"

Luomo lo guarda sorpreso. E' stato cosi garbato nel parlare, come fare a dirgli di no?

"Entra pure piccolo, puoi aiutarmi.   L'importante è che adagi le mele delicatamente nelle cassette per non farle rovinare."

"Non si preoccupi signore."

"Sembri un bravo ragazzo!  Come ti chiami?"

"Andrea, signore."

"I tuoi genitori sono di qua?  Non ti ho mai visto nella zona."

"Sono  orfano, signore.  Ho perso i miei genitori in un incidente stradale."

"Oh!  Questo mi dispiace!  E con chi vivi?"

"Per adesso, solo, signore."

"Ma avrai pure una casa dove andare?"

"No, signore."

Andrea è veloce a riempire le casse e l'uomo è meravigliato da tanta agilità malgrato sia cosi magrolino.

"Non c'è piu posto per le altre mele, sono finite le cassette, signore!"

"Per ora basta così, continuerò dopo pranzo; è mezzogiorno e ho una fame da lupo!  Eccoti una decina di mele, te le metto in una busta di plastica.  Mi sei stato di grande aiuto sai, senza di te, ci avrei messo il doppio del tempo!"

Andrea ringrazia piu volte il contadino e immediatamente si porta una mela alla bocca e la divora cosi velocemente da sbalordire l'uomo.

"Devi avere proprio fame tu, eh?"

"Si, signore!  Non mangiavo da due giorni.  Grazie, signore! Con queste mele mangerò per altri tre."

L'uomo lo guarda intenerito e accarezzandogli la testolina, gli dice: "Vieni con me, piccolino, penso proprio che mia moglie avrà preparato un pò di minestra in più.  Sei ospite mio oggi."

L'anziano contadino e la moglie rimangono a bocca aperta guardando il bambino mangiare cosi avidamente.

"Questa si che è fame!  Povero bambino" dice la donna al marito.

"Perché non lo teniamo un pò con noi?  Andiamo incontro all'inverno, farà freddo.   Se è vero che questa creatura è senza tetto, come fara?" L'uomo pensa per un pò, poi risponde: "Io non è che non voglio aiutarlo. E' vero quello che dici, cioè che fra poco farà molto freddo... ma vedi, Andrea per la sua età dovrebbe essere a scuola. E' strano! Siamo sicuri che non sia scappato di casa? Non vorrei avere problemi con la polizia!"

Il ragazzino risponde immediatamente: "Non sono mai andato a scuola. Ma glielo giuro, signore, non sono scappato di casa! Sono un povero orfano! Se lei mi fa rimanere qui questi tre o quattro mesi freddi, non se ne pentirà! Lavorerò per lei, vedrà, non la deluderò e poi non le darò fastidio. Lei mi darà in cambio soltanto un pezzettino di pane al giorno. Posso dormire anche nel pollaio se vuole, ma non mi mandi via adesso. Le prometto che quando arriverà la bella stagione, me ne andrò." Come si fa a dire di no a quel bambino così garbato che lo sta supplicando?

"Tanto per incominciare, tu non dovrai dormire nel pollaio, mia moglie ed io non siamo delle bestie cattive. Potrai dormire in soffitta dove c è una brandina... starai bene! Però, quando tornerà la primavera, dovrai andartene perchè arriveranno mio figlio, mia nuora e i bambini e incomincerebbero a fare delle domande su di te."

"Non si preoccupi, signore, allora me ne andrò. La ringrazio tanto!"

Andrea è tanto felice. E' la prima volta che qualcuno è gentile con lui. Comincia a piangere dalla commozione e spontaneamente abbraccia l'anziano e la moglie che si commuovono a loro volta.

Inizia una nuova vita per Andrea. Sa già che non durerà in eterno ma è felice.

Guglielmo e Francesca - si chiamano così i padroni di casa - si affezionano al bambino perché è sempre disponibile e servizievole. L'uomo lo porta con sè in campagna e si fa aiutare in piccoli lavoretti come la raccolta della frutta, delle noci, la vendemia o aggiustare la legna per l'inverno. La moglie invece lo coinvolge in piccoli lavoretti in casa; non che i due lo volessero sfruttare, no...! Assolutamente! E' che Andrea è cosi felice quando si rende utile, che lo lasciano fare.

In questi mesi, il nostro Andrea si rimette anche in salute.

Tutti i giorni Francesca prepara cose buonissime. Il bambino non ha mai visto tanto ben di Dio e i vecchietti si divertono nel vederlo mangiare con tanto piacere. Il giorno in cui hanno deciso di tenerselo per un pò, il vecchio Guglielmo ha fatto un patto con Andrea e cioè che lui poteva rimanere con loro... a condizione che imparasse a leggere e scrivere. E così, ogni pomeriggio, Guglielmo se lo mette vicino e con tanta pazienza, gli insegna prima l'alfabeto, poi le sillabe, poi le parole intere. Nonostante non abbia mai frequentato la scuola, è un ragazzino molto intelligente e impara molto velocemente a leggere e scrivere. L'uomo gli insegna anche un pò di matematica e i risultati sono molto soddisfacenti.

Il bambino instaura con i due vecchietti un rapporto bellissimo: per la prima volta in vita sua, qualcuno gli dimostra affetto. Ma le cose belle passano troppo in fretta e arriva presto la primavera. La settimana prossima, arriverà il figlio dei padroni, con la sua famiglia ed Andrea dovrà andar via. A malincuore certo, perché si è affezionato ai due vecchi ma lo sapeva dall'inizio. Il ragazzino li abbraccia ringraziandoli per l'ospitalità.

Andrea si ritrova cosi di nuovo in mezzo alla strada, solo solo, non sa quale direzione prendere. Inizia a camminare, ...camminare, ma dove va? Non lo sa, ma cammina. Il momento più brutto è all'imbrunire, non perché abbia paura del buio, è un bambino così coraggioso... ma dove ripararsi per questa notte? C'è una casa in costruzione, certo non è una reggia, ma almeno è un riparo sicuro. Andrea ci entra e adagia qualche cartone sul pavimento, tanto, è abituato a dormire per terra. Prima però, mangia un pò delle provviste che si è portato dietro. Si raccomanda a Dio e si addormenta. L'indomani, si rimette in cammino. Trova una fontana, si lava la faccia e si ristora con l'acqua fresca. Mangia l'ultimo panino che gli è rimasto e continua a camminare per quasi tutta la giornata.

Quando arriva la sera, la sua pancia vuota brontola, ma oggi purtroppo, Andrea dovrà fare a meno della cena. L'importante adesso è trovare un nuovo riparo per passare la notte. E' arrivato vicino ad una vecchia ferrovia. Nota una locomotiva fuori uso, ci

sale, si accomoda alla meglio sui sedili e prende sonno. Il mattino appena si sveglia. non ci vede più dalla fame. Come farà per procurarsi un pò di cibo? Chiedere l'elemosina non gli va,
 rubare? Non se ne parla nemmeno. Decide allora di chiedere in giro se qualcuno ha bisogno di qualche favore... in cambio di un pezzo di pane.

Così, aiuta il panettiere a spostare i sacchi di farina, e questo gli dà in cambio qualche brioche. Il giorno dopo aiuta il fruttivendolo a scaricare le cassette di frutta e riceve qualche mela e qualche banana.

Eh, si! Il nostro Andrea, nonostante tutto, se la cava bene. Si dimostra servizievole con tutte le persone che incontra sul suo cammino e queste, a loro volta, si sdebitano dandogli qualche cosa. Qualche cosa certo! Per placare a malapena il suo pancino, ma non per sfamarlo del tutto. Infatti, ricomincia a perdere peso. D'atronde, non si ferma mai. Cammina in continuazione cercandosi ogni giorno un nuovo riparo per la notte. Si sente spesso scoraggiato ma continua a camminare.

Quando entra in qualche chiesa, prega a modo suo: "Cara Madonnina! Come vorrei trovare delle persone buone come Francesca e Guglielmo, che mi hanno aiutato. Fà che io ne incontri delle altre come loro. Un bacione per Mamma e Papà! Amen".

## XI

Questo vagare per le strade dura qualche mese, non è facile, non è proprio facile per lui. Intanto, in periferia, accade una cosa inaspettata: uno degli scagnozzi di Laccone si fa beccare dalla polizia, che risale subito a Laccone in persona il quale viene subito arrestato insieme alla sua compagna ed è costretto a confessare lo sfruttamento dei cinque minorenni, che a loro volta, vengono immediatamente rinchiusi in riformatorio. Nel frattempo, Laccone si è tagliato la barba che si era fatta crescere in precedenza, mettendo così in evidenza la cicatrice che porta sulla guancia sinistra. Viene riconosciuto ufficialmente come l'autore del rapimento di Andrea avvenuto circa sette anni prima. Dopo anni di ricerca, finalmente si è riuscito ad individuare il malvivente ed il commissario che si è occupato delle indagini riguardante Andrea, telefona seduta stante ad Elisabeth per communicarle la notizia. La giovane donna non crede alle sue orecchie, il suo cuore batte all'impazzata. Finalmente forse saprà dov'è la sua creatura. Si precipita al Commissariato per saperne di più.

"Buongiorno Commissario! Allora mi dica... ha qualche buona notizia da darmi? La prego, non mi tenga sulle spine!"

"Beh! Signora! Al novantanove per cento abbiamo a che fare con l'individuo che sette anni fa, uccise la signora Marina e rapì il suo bambino. Solo che tra i suoi scagnozzi, non c'è traccia del suo Andrea. Perciò lunedì prossimo alle ore nove, ci sarà una audienza al tribunale e quel malvivente dovrà confessare per forza quello che ne è stato del bambino. Intanto, lei stia calma, signora! Dopo tutto questo tempo, ci avviciniamo finalmente alla verità, ci sarò anch'io lunedì, e non le nascondo che torcerei volentieri personalmente il collo a quel verme. Ci vediamo lunedì e speriamo bene!"

"La ringrazio, Commissario." Elisabeth telefona senza perdere tempo a Suor Angela, per communicarle l'accaduto. Lunedì, alle nove in punto, l'aula del tribunale è piena di gente per assistere all'udienza.

Elisabeth è comprensibilmente molto tesa.  Non sta più nella pelle, poverina!

Speriamo davvero per lei che ritrovi al più  presto il suo tesoro. Con lei, c'è  anche Suor Angela che aspetta con impazienza una buona notizia. L'avvocato chiama alla sbarra Sergio Laccone e lo invita a giurare sulla sacra Bibbia:

"Alzi la mano destra e dica: ˜Giuro di dire la verità, tutta la verità, nient'altro che la verità!  Dica lo giuro!"

Quel malvivente, che già  dalla faccia, manifesta la sua cattiveria, alza la mano destra e risponde: "Lo giuro!"

" E' lei che il 16 dicembre 1972, insieme alla sua compagna, uccise la povera signora Marina Plase nei giardinetti pubblici mentre stava col suo nipotino?"

Lui risponde alla domanda con sarcasmo e naturalezza, come se provasse piacere. "Si, sono stato io!"

"Perché lo ha fatto?"

"Perché credevo che quel moccioso sarebbe stato un buon affare per me.  Invece non valeva una cicca e ci ho rimesso di tasca mia!"

"Si spieghi meglio.  Che ne è stato del bambino?"

Tutti nell'aula hanno il fiato sospeso sperando in una risposta positive, soprattutto Elisabeth che non regge piu l'emozione.  Quel vigliacco di Laccone sa bene che comunque vadano le cose, l'ergastolo, non glielo toglie nessuno, e siccome la sua malvagità non ha limiti, rivolgendosi in particolare ad Elisabeth, con un sorriso satanico, invece di dire la verità, cioè che ha abbandonato il piccolo Andrea sei mesi prima e non sa dove si trovi adesso, dichiara: "Ehi! Tu! Mi ricordo di te.  Credi non ti abbia vista in TV quando facevi l'appello per recuperare il tuo campione?  Tuo figlio era solo un babbeo, un buono a nulla, un mangia-pane a tradimento, l'ho rimpinzato per anni, non è  mai riuscito a portare una lira in casa mia.  Mi sono stufato e ho dovuto eliminarlo!"

"Si spieghi meglio Laccone!"

"L'ho giurato sulla Bibbia.  E lo rigiuro ancora!  Ho ammazzato quel buono a nulla con le mie stesse mani!"

A quest'affermazione, segue un gran boato nell'aula.  Tutti i presenti rimangono sconcertati, e al sentir questa dichiarazione, Elisabeth cade a terra priva di sensi. Povera ragazza! Cosa ha fatto al Buon Dio per meritare questo? E' una bugia certo! Ma lei non lo sa. Ci vuole un bel pò per farla riprendere e quando finalmente apre gli occhi, inizia un pianto che non finisce più. Suor Angela e il Commissario la sorreggono, lei continua a piangere gridando ad alta voce: "Perché ha ammazzato il mio tesoro? Aveva già ucciso Marina! Perché ha fatto la stessa cosa con il mio Andrea? Andrea! Bambino mio! Finora ho trovato la forza di andare avanti nella speranza di ritrovarti, ma ora che so che non ci sei più, la mia vita non ha più nessuna importanza! Non voglio vivere più! Voglio morire anch'io per starti accanto! Andrea! Il mio bambino è morto! Figlio mio! Ti ho cercato per mari e per monti! Non ho mai smesso di sperare di ritrovarti vivo! Amore della Mamma tua! Come farò senza di te?!"

Elisabeth è come impazzita, non c'è da meravigliarsi. Dopo sette anni di calvario, nella speranza di ritrovare il suo adorato figlioletto, quando finalmente pensava che questo incubo sarebbe finito... invece... Sviene di nuovo, d'altronde, è di debole costituzione. Suor Angela piange anche lei, questa volta il destino è stato davvero troppo crudele! Il commissario ci è rimasto altrettanto male; poi con garbo e delicatezza, insieme a Suor Angela, l'accompagna a casa sua con la propria macchina. Piano piano la giovane donna riprende i sensi. I suoi occhi sono pieni di lacrime ma questa volta sta zitta. Non dice una parola per un bel pò. Fissa con lo sguardo l'orsacchiotto di peluche di Andrea, non riesce a spostare i suoi occhi da quel giocattolo. Le lacrime non si fermano, anzi aumentano sempre più e dopo aver pianto tanto, tanto tempo... dice solo: "Perché?"

Suor Angela non sa come consolarla. Non ci sono parole per allievare il dolore di Elisabeth.

"Cara! Devi farti forza! Era un bambino così buono! Il Signore l'ha voluto accanto a sé, non possiamo andare contro la sua volontà! Tu sei così giovane! Devi essere coraggiosa, la vita deve continuare per te!"

"No, Suor Angela! La mia vita non ha più senso senza mio

figlio! Non m'importa più niente di niente!"

"Non fare così! Siamo rimasti tutti sconvolti per la morte d'Andrea. Ma devi reagire. Sei stata sempre coraggiosa... vorresti non esserlo più? Credi che Marina ed Andrea vorrebbero vederti in questo stato? Non penso proprio! E' per questo che devi fare un piccolo sforzo, lo so che non è facile, hai ragione, ma non devi lasciarti andare in questo modo! Ti preparo subito qualcosa da mangiare."

"No, Suor Angela! Non mi parli di mangiare! La prego!"

"Ma tu devi sforzarti tesoro mio! Altrimenti starai male sul serio!"

La religiosa ce l'ha messa proprio tutta per cercare di farla mangiare ma non c'è riuscita in nessun modo e per parecchi giorni, Elisabeth rimane senza toccar cibo. E' molto dimagrita. Suor Angela incomincia a preoccuparsi sul serio per il suo stato di salute e telefona a Don Paolino per farlo venire subito, forse lui riuscirà a farla ragionare.

Appena il vecchio parroco entra in casa, Elisabeth gli butta le braccia intorno al collo, piangendo.

"Calmati cara. Siediti sulla poltrona e ascolta quello che ho da dirti: capisco tutto il dolore che porti nel cuore, non c'è dolore più grande per una madre che perdere il proprio figlio, hai tutte le ragioni di questo mondo per disperarti in questo modo, ma quello che vogliamo farti capire è che quel che è fatto, è fatto. Non possiamo tornare indietro e cambiare la rotta del nostro destino. Marina ed Andrea non sono piu con noi fisicamente ma sono sempre vivi nel nostro cuore. Tu sei una ragazza nel fiore della gioventù. E' vero, finora sei stata sfortunata, ma il dono della vita è un bene prezioso... non puoi buttarlo via. io, Suor Angela, i tuoi colleghi, ti siamo tutti vicino, ti vogliamo tanto bene e abbiamo bisogno di te, Elisabeth! Hai capito, cara! Abbiamo bisogno di te!" Gli occhi di Don Paolino sono lucidi e sembrano supplicare la ragazza affinché reagisca positivamente.

Dopo un pò, lei risponde: "Anch'io vi voglio tanto bene a tutti!" Lo sguardo di Suor Angela si illumina e prende la palla al volo: "Davvero, Elisabeth, ci vuoi bene?"

"Certo! Tanto, tanto!"

"Allora se ci vuoi veramente bene, devi nutrirti. Me lo prometti cara che ricominci a mangiare? Io devo farti una proposta... ascolta bene. Dopo esserti ripresa per bene, perché non chiudi questa casa piena di ricordi che ti fanno soffrire? Potrai venire qui quando lo vorrai. Avrei bisogno di te all'orfanotrofio, c'é molto da fare lì. Ci sono tanti bambini bisognosi d'affetto che aspettano che qualcuno dia loro tanto amore. Lo so che il tuo cuore è colmo d'amore: vuoi darne un pò ai bambini insieme con me? Ti prego, dimmi di si, vieni con me!"

La ragazza ha smesso di piangere, è come se una nuova luce si accendesse in lei.

"Occuparmi dei bambini? Sarebbe bellissimo!"

"Allora cara, ricomincia a nutrirti e fra una settimana, ti porto con me. Vedrai come sono carini, quei dolci manigoldi!"

Piano piano, Elisabeth comincia a buttar giù qualcosa, non che le vada... deve fare uno sforzo enorme per riuscire a deglutire qualche boccone. Ma d'altronde deve rassegnarsi, non c'e' niente da fare. Come ha detto Don Paolino, "quel che è fatto è fatto". Da oggi in poi, deve cercare di guardare sempre avanti e provare a voltarsi il meno possibile indietro. Mm...! Non è mica facile però! L'idea di occuparsi di bambini bisognosi le dà una carica interna e pensa tra sé e sé: "E' vero! Il mio tesoro non c'è più ma farò il possibile per dare a quei bambini tutto l'affetto. Sarà come se lo dessi a mio figlio."

# XII

Dopo qualche giorno, Elisabeth chiude con dolore la porta di casa e si trasferisce ad Aiello, dove si trova l'orfanotrofio di cui è direttrice Suor Angela.

Appena vede tutti quei bambini di diversa età, qualche lacrima scende giù ma passa subito. Tutti i marmocchietti si mettono intorno a lei formando un cerchio, è la prima figura femminile giovane che vedono nella struttura. Infatti, ci sono altre due suore anziane: Suor Elena e Suor Beatrice che l'abbracciano con dolcezza per metterla a suo agio.

"Vedrai come starai bene insieme con noi!" I bambini, spontaneamente le danno anche loro un bacino dicendo a turno il proprio nome.

"Come sei giovane e bella! Dì, ma davvero rimani qui con noi?"

Suor Angela risponde scherzosa, guardando le sue due consorelle: "Ma che vorresti dire tu? Che noi tre siamo vecchie, brutte e grasse?"

Il bambino che conosce bene la direttrice e sa che le piace fare delle battute divertenti risponde: "Beh! Non ho detto questo, però senza offesa, lei è molto più bella!" Scoppia una risata generale. Era da tanto tempo che Elisabeth non sorrideva.

"Dio sia lodato bambina mia! Finalmente un sorriso sul tuo bel viso! Allora che ne dici? Ti piacciono i miei biricchini?"

La ragazza sorride di nuovo: "Sono adorabili!"

"Comunque bambini... lei si chiama Elisabeth. Da oggi in poi rimane qui con noi. Siete contenti?"

"Si, si!" rispondono in coro. Per la giovane donna, inizia così una nuova vita, sa che avrà dei momenti difficili da superare ma ci metterà tutta la buona volontà.

Al mattino, prepara la colazione per tutti i bambini che iniziano le lezioni alle otto e trenta con Suor Angela. Durante la giornata, rifà i letti, pulisce, stira, si mette ai fornelli, insomma fa tutto quello che fa una brava casalinga. Lei è soddisfatta di questo lavoro perché i bambini le vogliono molto bene e lei cerca di dare loro tutta se stessa. Spesso il pomeriggio, dopo le lezioni, gioca con loro. Da quando c'è lei, quell'orfanotrofio sembra rinato, con sommo piacere di Suor Angela.

Riuscirà Elisabeth ad avere un pò di serenità? Sembra di si, a volte sembra davvero aver ritrovato il suo equilibrio. Purtroppo però, non è sempre così: a volte le riaffiorano alla mente i ricordi piu belli passati insieme ad Andrea. Allora piomba in un pianto disperato che nemmeno Suor Angela riesce a calmare. Dopo aver singhiozzato a lungo, i suoi bellissimi occhi azzurri si schiariscono ancora di più... fino a sembrare cristallini. Quel pianto eccessivo cessa all'improvviso, sembra non avere più la forza per continuare. Dal viso fino all'estremità delle dita, sente un formicolìo, come se tutto il suo corpo volesse abbandonarsi e afflosciarsi per terra. Allora Elisabeth dice: "Non ce la faccio più!" Si appoggia per cinque minuti sul letto, chiude gli occhi, come se volesse recuperare le forze. Si sente come se avesse scalato la montagna più alta del mondo e non avesse più fiato. Poi, piano piano si calma.

Così, dopo essersi ripresa un pò, si alza con rassegnazione e scende giù alla cappellina che si trova davanti all'edificio. S'inginocchia davanti alla Madonna e con le mani giunte, prega ad alta voce. Com'è bella questa Vergine! Sul capo scintilla una corona dorata, è tutta vestita di bianco, alla vite pende una cintura azzurra, le sue mani stringono un rosario dorato e su ogni piede, c'è una rosa rossa.

"O Vergine Santissima! Madre di tutte le madri! Ti prego, accogli accanto a te, la mia creatura. Stringila nelle tue braccia, come se fossi io a stringerla. Aiuta tutti i bambini di quest'orfanotrofio e quelli del mondo intero. Aiuta le persone in difficoltà e se puoi, aiuta anche me. Dammi la forza di andare avanti. Così sia!"

Dopo aver pregato, Elisabeth si sente molto meglio e ritorna alla vita di tutti i giorni. Non sta un momento ferma, è molto attiva e si dà da fare in tutti i modi per soddisfare le esigenze di ogni bambino.

Intanto, il piccolo Andrea continua a vagare per le strade e piano, piano si sta avvicinando ad Aiello. E' molto dimagrito.

Ultimamente la gente che ha trovato sul suo cammino non gli ha dato un granché per sfamarsi. Poverino! Le sue gambine hanno camminato troppo in questi ultimi tempi; è stanco e scoraggiato. Infatti, piange spesso. cosa che faceva di rado prima, non ce la fa proprio piu. Inoltre, è molto trasandato. si capisce che è un bambino di cui non si occupa nessuno; porta sempre gli stessi pantaloni di prima e che ormai gli stanno corti. Continua a camminare, ...camminare,...i piedini gli dolgono, anche perché le scarpe gli vanno strette; é esausto.

Da lontano, vede una crocina: è proprio la cappella davanti all'orfanotrofio. Andrea decide di entrare per pregare e per riposarsi un po. S'inginocchia davanti alla statua della Madonna e parla ad alta voce. Quasi contemporaneamente Elisabeth entra per la preghiera quotidiana e non può fare a meno di sentire le parole disperate del bambino che, singhiozzando e con le manine giunte, dice: "O Madonnina cara! Io sono stanco di camminare e ho tanta fame! Vorrei mandare un bacio a mamma e papà che sono accanto a te, li voglio tanto bene! Diglielo tu! Ti prego... Madonnina... Amen!"

Il bambino continua a piangere ed Elisabeth si avvicina a lui. "Perche piangi in questo modo, piccolino? Cosa ti è successo?"

"Non è successo niente, è solo che sono stanco di camminare e ho tanta fame!"

La giovane donna lo guarda impietosita,.. è cosi magro!

"Come ti chiami?"

"Andrea, signora!." Nel sentir questo nome, le si ghiaccia il sangue addosso, ma solo perche è lo stesso nome di suo figlio. Per lei è solo una coincidenza. E come potrebbe nemmeno sfiorarle per la mente l'idea che proprio quel bambino possa essere suo figlio? Quel vigliacco di Laccone ha giurato per ben due volte di averlo ammazzato. No! Non ci pensa nemmeno.

"Ma... Andrea si... ma Andrea come? Il tuo nome di famiglia qual'è? Come si chiamano i tuoi genitori?"

Il bambino ricomincia a singhiozzare.

"Non... non lo so signora. La mia mamma e... il mio papà... sono morti in un incidente stradale quando io ero molto piccolo!"

"Oh! Mi dispiace molto, caro. Ma non dirmi che vivi tutto solo e che non hai una casa. Non ce l'hai dei parenti? Dei nonni?"

Al bambino, che è molto furbo, tornano in mente le minacce di morte che Laccone gli ha fatto se avesse pronunciato il suo nome. E così decide di non parlare di lui e di tenersi tutto dentro, compreso tutti i maltrattamenti subiti. Parla invece dei due vecchi contadini che l'hanno aiutato ma è molto vago al riguardo.

"Beh! Sono stato con Francesca e Guglielmo. Sono stati molto gentili con me ma poi, sono dovuto andar via perché è arrivato suo figlio con la sua famiglia."

Elisabeth lo ascolta con meraviglia, perché non capisce molto il senso del discorso del bambino.

"Guglielmo mi ha anche insegnato un pò a leggere e a scrivere."

"Vuoi dire che non sei mai andato a scuola?"

"No, signora! Sono un povero orfano. Senta signora, non è che per caso, posso farle qualche favore in cambio di un pò di pane? Ho tanta fame!"

Elisabeth gli accarezza il visino, lo prende per mano e gli dice: "Vieni con me, Andrea!"

Lo fa entrare nella struttura; nota che il bambino cammina con difficoltà. "Cos'hai? Ti fanno male le gambe?"

"No, signora, penso che siano le scarpe, sono un pò strette."La giovane chiama Suor Beatrice e le presenta il bambino.

"Senti Andrea, vai con Suor Beatrice. Lei è molto gentile. Ti farà una bella doccia, ti darà dei vestitini nuovi e anche un altro paio di scarpe. Di solito, è lei che aiuta i bambini a farsi il bagno qui. Puoi rimanere qua se vuoi, non dovrai mai più restare solo, sai. Intanto, ti preparo una bella colazione.

"Oh, grazie signora! Come è buona lei!"

Andrea segue la Suora e poco dopo, torna pulito e rivestito a nuovo. Elisabeth lo fa accomodare; gli ha preparato una cioccolata calda e una bella tartina con la marmellata. Il bambino la divora in un attimo e beve con piacere le bevanda.

"Vuoi un'altra tartina?"

"Non vorrei essere scostumato, ma ho tanta di quella fame!"
La ragazza gliene prepara un'altra e s'incanta guardandolo
mangiare.

Dopo aver finito, si accarezza il pancino con la manina e
sbadigliando dice: "Mmmm! Che buono! Non mangiavo così da
giorni! Lei è stata molto gentile con me, signora! Voglio anch'io
fare qualcosa per lei adesso."

"Beh! Se vuoi fare qualcosa per me, non darmi più del voi ma
del tu, e non chiamarmi più signora, ma Elisabeth, tutti i bambini
mi chiamano per nome. In questo momento, stanno facendo
lezione con Suor Angela, la Direttrice. Ma li conoscerai piu tardi;
vedrai come ti divertirai insieme a loro!"

Il bambino si avvicina con la sedia, le dà un bacio e le dice:
"Grazie di tutto Elisabeth!"

Si appoggia con la testolina sul suo petto e accenna ad
addormentarsi. Elisabeth lo prende delicatamente in braccio, lo
porta nel dormitorio e lo sdraia su di un lettino. Andrea si è subito
addormentato. Elisabeth gli dà un bacino sulla fronte e lo lascia
riposare.

All'una, tutti i bambini si mettono a tavola per pranzare.
Elisabeth approfitta di questo momento per informare Suor Angela
del bambino. "Oh, Suor Angela! Mi ha fatto una pena enorme!
Quando lo vedrete, rimarrete sbalordita... è cosi magro! Non ha
più i suoi genitori, poverino: sono morti quando lui era piccolo. E'
stato molto vago riguardo alla sua vita e non ho voluto insistere
per saperne di più."

"Beh... sai cara, in certi casi, meglio non insistere. Potrebbe
avere una reazione negativa. Comunque hai fatto bene a portarlo
qui da noi!"

"Sapete... mi ha dato l'impressione di un bambino che ha
sofferto molto... era cosi stanco! E non si è ancora svegliato:
secondo me aveva accumulato molta stanchezza."

"Si, però adesso, forse è meglio svegliarlo per farlo mangiare
e per presentarlo ai suoi compagni."

"Si, avete ragione! Vado a chiamarlo."

Guardandolo dormire, quasi le dispiace disturbarlo e con delicatezza lo bacia sulla fronte, ma lui non accenna ad aprire gli occhi.

"Poverino! Doveva essere proprio sfinito!"

Allora con dolcezza, ripete il gesto e sussurra: "Andrea! Andrea! Svegliati caro, è ora di pranzo, gli altri sono gia a tavola!"

Il bambino si stropiccia gli occhietti, quasi non ricorda più di essere arrivato fin lì.

"Elisabeth! Lo sai che ho dormito come un re'! Non ho mai dormito cosi bene in vita mia!"

"Mi fa piacere tesoro! Adesso, però, andiamo, ci stanno tutti aspettando."

"Si, però prima devo dirti una cosa molto importante!"

La ragazza alza le sopracciglia in segno d'interrogazione. "Sentiamo... cosa c'è Andrea?" "Beh... voglio dirti... prima: che sei molto bella; poi: che sei la persona più dolce che io abbia mai conosciuto in vita mia. E poi,... sento già che ti voglio bene!"

Una lacrima scende dagli occhi della ragazza, in quel momento, è come se fosse stato il suo Andrea a dirle questa frase. Lo abbraccia con dolcezza e gli dice:

"Anch'io ti voglio bene piccolino. Ti prometto che da oggi in poi, non sarai mai più solo!"

Il ragazzino viene presentato ai suoi compagni. Si nota che è felice ed entusiasta: non ha mai visto tanti bambini tutti insieme; saluta educatamente tutti. Suor Angela è meravigliata nel vederlo così esile. Nota subito i suoi occhi celesti chiari e per un attimo pensa tra sè e sè: 'Mio Dio! Anche il bambino di Elisabeth aveva gli occhi chiari e, guarda un pò i casi della vita, proprio lei raccoglie per la strada un bambino con lo stesso nome del figlio. Forse questa cosa l'aiuterà nei momenti difficili. Sarà come se in un certo senso... l'avesse ritrovato.'

La suora cerca di mettere il bambino a suo agio.

"Allora giovanotto! Hai fame?"

"Si" Un momento di esitazione poi... "Ma... come la devo chiamare? Elisabeth ha detto che lei è Suor Angela, che è la Madre Superiora ed è anche la Direttrice. E... se la chiamo

Suor Madre Direttrice Superiora?"

"Ah, ah, ah,! Beh! Suor Angela bastera'! Sei un bambino molto simpatico, sai! Ma ora mangia... altrimenti si raffredda!"

"Si, certo, grazie!"

Il bambino finisce rapidamente il suo piatto di maccheroni e Suor Elena glielo riempe di nuovo.

"Grazie!"

"Ti piacciono?"

"Si, si, Suor Angela! Sono buonissimi!"

"Beh... mangia, mangia quanto vuoi. Sono contenta che tu sia di buon appetito. Devi mettere su qualche chilo al più presto!"

"Oh! Non si preoccupi! Senza offesa, penso proprio che ho buon appetito come lei!"

"Ah, ah, ah! Sei proprio un simpaticone!"

Dopo qualche settimana infatti, Andrea si è rimesso bene in carne. Si è ambientato benissimo nel gruppo di bambini e anche le lezioni con Suor Angela non vanno male. Anzi, nonostante non abbia mai frequentato la scuola, impara tutto molto velocemente. Si vede che è molto intelligente.

Due o tre volte a settimana, quando non è impegnato con la chiesa del paese accanto, Don Paolino viene a celebrare la messa nella capellina. Spesso si ferma a cena con i bambini ed insegna loro il catechismo. Lui li adora tutti e nonostante non sia più giovanissimo, fa sempre il possibile per aiutarli in tutti i modi. Dietro la struttura, si estende un vasto terreno dove l'anziano parroco ha piantato, anni prima, tanti alberi da frutta, trasformandolo così, in un ricco frutteto. Quando i frutti sono finalmente maturi, coinvolge tutti i bambini per la raccolta ed è sempre una grande festa. Poi ci pensa Elisabeth a trasformare quel ben di Dio, in marmellate varie che I bambini mangiano volentieri a colazione col pane o con dolci che lei stessa prepara. Vengono confezionati anche dei barattoli di frutta sciroppata che sono molto apprezzati a merenda dai nostri piccoli ghiottoni. Inoltre Don Paolino coltiva tante verdure che finiscono o in pentola, o conservate anche loro in barattoli con metodi diversi.

Eh! Si, poverino! Anziano com'è, fa quel che può. In questo modo, non fa mai mancare agli orfanelli frutta e verdura fresca. I bambini capiscono i sacrifici del vecchietto e lo ricambiano con tanto affetto. Per loro è come se fosse il loro nonno e confidente personale.

I giorni scorrono tranquilli. Anche Elisabeth sembra aver ritrovato la serenità. Beh! Quando le viene di piangere non c'è niente da fare, deve farlo, d'altronde, è impossibile cancellare il ricordo del figlioletto dal suo cuore. Meno male che ci sono loro: tutti quei bambini a cui si dedica in tutti i sensi; dire che li ama, è dir poco, cerca di essere il più dolce possibile e di dare tutto ciò che una madre può dare. Quando può, gioca insieme con loro, li bacia, li accarezza senza distinzione, ha un rapporto bellissimo con tutti. Per lei, sono tutti uguali. Tutti uguali si... anche se nel suo animo, incosciamente, un pensiero particolare va ad Andrea. Forse perché si chiama come suo figlio? Forse perché è stata lei a raccoglierlo per strada? Forse perché questo bambino si è attaccato a lei in un modo incredibile e le dice spesso: "Ti voglio bene"? O forse semplicemente perché senza saperlo, il sangue attira lo stesso sangue? Cosi vicini e cosi lontani! Nessuno dei due immagina lontanamente che sono madre e figlio ma si vogliono bene.

Riusciranno mai a scoprire un giorno la verità? Passano un paio di settimana, è una bellissima giornata calda, quando accade una cosa terribile: Don Paolino si sente male. Viene subito trasportato all'ospedale della Misericordia ma purtroppo per lui, non c'è più nulla da fare: il suo vecchio cuore ha ceduto. E' un grosso colpo per tutti, per le tre suore, che lo rispettavano come un fratello maggiore, per Elisabeth che si dispera e non riesce a darsi pace. D'altronde per lei rappresentava la figura paterna dal giorno in cui era andata ad abitare insieme con Marina. Come farà senza di lui? A chi confiderà più le pene del suo cuore? E i bambini? Chi si occuperà di loro come faceva splendidamente Don Paolino? Inutile dire che alla notizia della sua morte, il pianto è stato generale. Grande perdita per tutti, troppo grande. Sarà difficile colmare il grande vuoto che quest'uomo eccezionale ha lasciato in tutti i cuori.

I bambini sono rimasti molto dispiaciuti e sono tristi per parecchi giorni; sui loro volti, dal giorno della disgrazia, non c'è più sorriso. Ma la vita deve continuare e malgrado il dolore che portano dentro, le tre suore ed Elisabeth ce la mettono tutta per aiutare i bambini ad attraversare questo momento difficile per loro.

Tra una settimana, verrà nominato dal vescovo un nuovo prete, speriamo sia altrettanto bravo. Suor Angela informa i bambini di questa cosa. Spera che questa notizia possa farli sentir meglio ma ecco come reagiscono: "Non vogliamo un altro parroco! Nessuno sarà mai come Don Paolino! Lui ci capiva e ci voleva bene. Chissà quello che verrà come sarà?"

"Lo so, bambini, che avevate un rapporto eccezionale con lui ma purtroppo, è andato via. Non possiamo farci niente. Qui verrà qualcun' altro. Aspettate prima di giudicare e cercate di comportarvi bene quando arriverà."

# XIII

Alcuni giorni dopo, infatti, arriva e bussa allo studio della Suora Superiora.

Toc, toc! "Avanti!"

"Buongiorno! Lei deve essere Suor Angela! Non e vero?"

"Si, sono io... entri... si accomodi!"

"La ringrazio molto... Suor Angela. Sono il nuovo parroco nominato da Monsignor Lofusco per la diocesi di Mugnaio e so di aver delle mansioni precise anche qui. Monsignor mi ha informato della situazione... perché conosceva bene il povero Don Paolino. So che era una persona eccezionale, ricca di sentimenti umani ed i vostri bambini lo adoravano. Non voglio, e molto probabilmente, non potrò mai prendere il suo posto nei loro cuori ma le posso assicurare che farò del mio meglio per farmi accettare da loro."

"Lei è molto giovane, ma sembra un bravo ragazzo, queste cose io le sento subito, le auguro il benvenuto tra noi! Adesso venga, che la presento agli altri. Ecco le mie due consorelle: Suor Elena e Suor Beatrice."

"Molto piacere!"

"Questa ragazza si chiama Elisabeth, si occupa anche lei dei nostri orfanelli."

No! Non puo essere! Questo giovane prete appena arrivato, altri non è che Giulio! Vi ricordate di Giulio? Quel ragazzo che anni prima aveva dichiarato piu volte il suo amore ad Elisabeth senza però essere mai riuscito a conquistare il suo cuore, ed in seguito a questo rifiuto, aveva deciso di intraprendere la vita religiosa.

Appena i loro sguardi si incontrano, non credono ai loro occhi, e per un bel pò, rimangono a guardarsi senza riuscire a parlare.

"Tu qui?"

"E tu... qui?"

I due, commossi, si abbracciano come due fratelli, d'altronde, erano cari amici da quando andavano a scuola. Per Elisabeth, è la prima persona appartenente al suo passato che viene fuori così all'improvviso e inaspettatamente.

"Ma... voi vi conoscete?"

"Si, Suor Angela! Era un mio caro amico. Mi ricordo che tutte le ragazze del paese erano innamorate di lui. Devo ammettere che mi fa un certo effetto vederlo con la tonaca!"

"Beh! Allora non avevo occhi che per una sola di loro. Ci ho messo tanto tempo per allontanarla dai miei pensieri ma poi, come vedi, mi ha chiamato il Signore ed io l'ho seguito. E tu, come stai? Come mai sei qui e non più a Grottolina Montanara?"

La giovane donna abbassa gli occhi e inizia a piangere.

"Oh! Se sapessi quel che mi è capitato!"

"Su, dai, non fare così! Puoi parlarne con me, se vuoi, sai sono passati tanti anni ma sono sempre il tuo amico."

Suor Angela capisce che Elisabeth ha bisogno di sfogarsi e dice: "Don Giulio! Noi ci vediamo piu tardi, adesso Elisabeth ha tanta voglia di parlare."

I due giovani rimangono da soli e lei, tra una lacrima e l'altra, gli racconta tutta la sua tormentata vita dal giorno in cui ha lasciato il suo paese natale. Giulio ascolta e, asciugandole le lacrime con un fazzoletto, cerca di consolarla in qualche modo.

"Mi dispiace Elisabeth! Mi dispiace tantissimo... soprattutto per il tuo bambino! Sei sempre stata una brava ragazza, non meritavi un destino cosi spietato; ma non si muove foglia se Dio non vuole, non possiamo andare contro la sua volontà. Vedi, hai detto che hai ritrovato, anche se non completamente, la tua serenità accanto a questi bambini e questo è molto importante ma soprattutto non perdere mai la fede, cara, la fede aiuta a superare tutto. So che non ho più il diritto di parlare del mio passato ma quando mi rifiutasti per l'ultima volta, non avevo più voglia di niente, avevo soltanto voglia di non esistere più. Poi, piano, piano ho iniziato a pregare, pregare ed ho capito che la chiesa era la strada giusta per me ed ho ritrovato la pace interiore. Tu sei una ragazza giovane e sempre molto attraente, non è detto che tu un giorno non possa ricominciare da zero la tua vita con un altro uomo, io te lo auguro con tutto il cuore, cara."

"Ti ringrazio, Giulio! Mi ha fatto bene parlare con te.

Devo dirti una cosa però: siccome i nostri bambini sono un pò birbantelli, al fine di evitare qualsiasi chiacchiera tra loro, cerchiamo di darci del voi, almeno in loro presenza."

"Si, hai ragione. Ma non so se ci riuscirò."

"Adesso andiamo, troveremo già tutti a tavola."

Al primo impatto, i bambini sembrano un po diffidenti con Don Giulio ma poi, piano piano, con parole semplici, dolci e sincere, riesce a dimostrarsi simpatico con loro. Ogni giorno un pò di più, aumenta la loro fiducia in lui e diventa un vero amico per tutti. Suor Angela è contenta di questa cosa, sinceramente, era un pò preoccupata per la reazione dei bambini.

"Lo sai, Elisabeth, Don Giulio è proprio un ragazzo in gamba nonostante la sua giovane età, sembra che abbia gia tanta esperienza, non me l'aspettavo: oltre ad impegnarsi nell'insegnare ai ragazzi la retta via, è preparatissimo anche didatticamente e riesce a far recuperare lacune agli elementi rimasti indietro. E' straordinario!"

"Si, lo so. Era molto bravo a scuola e molto intelligente, è quel che ci vuole per i nostri ragazzi."

Don Giulio viene due volte la settimana a celebrare la messa nella cappella come faceva Don Paolino. Ogni tanto si ferma a cena insieme agli orfanelli. Spesso, il pomeriggio, dà qualche lezione di ripetizione per i bambini piu lenti e durante la lezione chiede loro di raccontargli quello che faceva il povero Don Paolino, così, dice lui, potra prendere esempio da lui per poterli meglio aiutare. Infatti, Don Giulio fa quel che può e si dedica anima e corpo per farsi accettare da quei biricchini, ma questi già gli vogliono bene. Nonostante lui non abbia mai tenuto una zappa in mano, riesce anche ad improvvisarsi ortolano, è sempre disponibile se qualcuno ha bisogno di lui e in verita', sta aiutando anche finanziariamente l'orfanotrofio.

I bambini ormai si stanno affezionando a lui, è dolce con tutti ma sa anche essere quel tantino severo quando ci vuole. Spesso con i maschietti, organizza una partita a pallone, con loro sommo piacere, ed instaura così, con ognuno di loro, un dialogo aperto, chiaro e qualche volta anche segreto. Don Giulio è molto felice perché sembra essere riuscito nel suo intento, cosa mai poteva sperare di piu di questa bellissima frase detta dai bambini con semplicità e sincerità?:

"Sapete, Don Giulio... noi volevamo molto bene a Don Paolino, come un nonno. Ma ora, a voi vi vogliamo bene come un papa'."

"Grazie ragazzi! Anch'io vi voglio bene!"

Sembrano di nuovo tutti felici, grandi e piccini. Speriamo che duri, è cosi bello quando va tutto bene! Beh! ci sono i problemini di tutti i giorni ma fortunatamente, non sono grandi, o lo sono forse per qualcuno? Andrea, si sa, è molto legato ad Elisabeth e ha con lei un rapporto... come si potrebbe definire? Mm... diciamo quasi materno, le racconta i suoi piccoli segreti.

"Elisabeth! Posso parlarti di un mio problema?"

"Certo caro! Perché? Hai un problema? Cosa ti succede?"

Il ragazzino diventa rosso rosso e si vergogna un pò:

"Beh! Ecco... è... un problema di cuore."

"Di cuore? O mio Dio. Non ti senti bene?"

Il bambino sorride divertito:

"Ah, ah, ah! Ma no! Cos'hai capito? Il mio problema... è Sara, penso... penso di essermi innamorato. Quando la vedo mi... mi sento strano... e... non so come dirglielo, ho pensato di scriverle un biglietto. Tu che ne pensi?"

Elisabeth gli sorride.

"Dimmi, ma ti piace proprio Sara, vero?"

"Eh si! E' bellissima come te!"

"Come sei caro, tesoro! Beh! Penso che se davvero il tuo amore è sincero, prova a dirglielo con una letterina. Sei un bel ragazzino anche tu. Penso proprio che ti dirà di si. Poi, però, fammi sapere come è andata, eh!"

Andrea la bacia. "Certo! Grazie Elisabeth!"

Lei lo guarda allontanarsi felice e pensa tra sè: "Quando è arrivato qui, era spesso triste, adesso invece, piano piano, è sempre un pò più sereno, povero bambino! C'è sicuramente qualcosa nel suo passato che l'ha fatto soffrire. Meno male però che ora si è ripreso bene!"

I suoi pensieri s'interrompono all'improvviso. Suor Angela la sta chiamando.

"Elisabeth! Cara, vieni!"

"Vengo subito."

"Suor Elena ha preparato un bel Pan di Spagna. La prepari una bella crema pasticcera come sai fare tu e poi lo guarnisci con una bella panna a cioccolata?"

"Mmm... aspettate un pò! Ci devo pensare... si, accetto ad una condizione però! Che lei inizi la dieta domani, va bene?"

"Ah, ah, ah! Puoi scommetterci!"

Il pomeriggio, ecco di nuovo Andrea, che abbraccia Elisabeth a lungo, se fosse per lui, la bacerebbe dalla mattina alla sera. E' sorridente e non vede l'ora di raccontare l'esito del discorso di stamattina.

"Allora? Com'è andata?"

"Bene! Benissimo! Le ho scritto la letterina come hai detto tu, e sai che cosa mi ha risposto? *E' da tanto tempo che aspettavo una tua dichiarazione*! Ah!... come sono felice! Ti rendi conto? Mi sono fidanzato con Sara!"

"Tanti auguri, caro!"

Don Giulio che è appena entrato, sente solo la ragazza fare gli auguri.

"Auguri? E per che cosa, Andrea?"

"Beh! Non so se si può dire?"

"Ma si che lo puoi dire a Don Giulio!"

Il ragazzino si sente in imbarazzo. Nel frattempo è venuta anche Suor Angela. Ci pensa un pò se dirlo o no, poi è talmente felice che vuole che lo sappiano tutti ma è il modo straordinario di come lo dice: sembra che a fare questo discorso sia un uomo maturo che ha preso la decisione piu importante della sua vita. "Don Giulio! Io le devo dire una cosa molto importante! Non adesso perché siamo ancora troppo piccolini, ma tra qualche anno, voi unirete me e Sara con i sacri vincoli del matrimonio."

"Ah, ah, ah!" I tre ridono a più non posso.

"Ma voi mi state prendendo in giro?"

"Ah, ah, ah! No caro! Anzi, noi ti facciamo tanti auguri per il tuo fidanzamento."

"Allora, perche ridete?"

"Ridiamo per il modo in cui ce l'hai detto. Sembri molto serio esiete una bellissima coppia sai?"

"Davvero?"

"Certo amore! Anzi taglieremo il dolce in vostro onore!"

Era da tanto tempo che Elisabeth non rideva più così tanto. Com'è bella! Ultimamente, ha messo su qualche chiletto, le ci volevano proprio. E' sempre una bella ragazza, nonostante tutte le pene che porta nel cuore, nonostante i pianti frequenti, lei è sempre bellissima e Giulio prova all'improvviso un certo turbamento.

Lui pensa tra sé "Mio Dio, cosa mi sta succedendo? Questa dolce sensazione, quest'incomprensibile e inaspettato turbamento mentre la guardo. Cosa sarà? Penso nulla di grave, d'altronde, è soltanto la riflessione che sia una bella ragazza. Cosa c'è di strano dopotutto? Non si può negare l'evidenza."

Oh!, Caro Don Giulio! Questo è quello che credi tu! Infatti, più i giorni passano, più Giulio s'incontra, per un motivo o per un altro, con Elisabeth e il suo cuore sembra impazzire ogni volta che la vede.

Il giovane parroco inizia a preoccuparsi seriamente e prova a rifugiarsi di più nella preghiera: "Madonna mia! Cosa sta succedendo al mio cuore? Quando la vedo, sembra andarsene per conto suo. Ho paura che sia amore. Dimmi tu! O Vergine Santa! Cosa devo pensare? Fra tante diocesi che ci sono sparse in tutta Italia, dovevo capitare proprio a Mugnaio, e di conseguenza anche qui? Sono sicuro che questo sta succedendo, per mettermi alla prova, ti prego, aiutami a superare questo momento e indicami in che modo mi devo comportare."

Ma più i giorni passano e più si sente strano. Sono sempre più frequenti i momenti in cui si ritrova a pensare a lei anche senza volerlo e si ripete più e più volte: "Mi passerà E' un momento così."

Ma nonostante tutta la buona volontà, non gli passa affatto e decide di parlarne con la Madre Superiora.

E così che un mattino va nel suo ufficio e.... "Suor Angela! Ho bisogno di parlare con lei di una questione un pò delicata."

"Dimmi Giulio! Di che si tratta? Mi sembri piuttosto preoccupato? Cosa ti succede?"

"Non lo so! Vede... mi vergogno di dire certe cose, ma... ho bisogno di parlarne con qualcuno e voglio farlo proprio con lei. Io la stimo moltissimo, Suor Angela. Forse lei può aiutarmi. Non fosse altro per darmi qualche consiglio perché sinceramente c'è molta confusione in me in questo periodo. Vede... mio malgrado... e dico e ripeto, mio malgrado, è un po di tempo che quando vedo Elisabeth, mi batte forte il cuore. C'è una cosa che non le ho detto quando sono arrivato qui. Vi ricordate quella ragazza di cui io dissi di essere perdutamente innamorato anni fa? Era proprio lei. Adesso ho il gran timore che quel sentimento che provavo allora, stia riaffiorando piano piano. La prego, Suor Angela. Mi aiuti lei! Ho cercato di pregare di più ultimamente ma non è servito a niente! Cosa devo fare?"

"Beh, non è che tu possa fare un granché. Non si può comandare al cuore. Può anche darsi che sia una cosa passeggera, per lo meno lo spero. Tu sei un bravissimo sacerdote: da quando sei qui, ti sei dimostrato davvero eccezionale, come uomo di chiesa, quale sei, ma anche sul lato umano; con tutti noi, stai dando il massimo di te stesso. Credimi, di più, non si può. Capita a volte anche ai preti di avere qualche sbandamento temporaneo, ma poi passa. Io ti consiglio di continuare a pregare molto e se ti è possibile,evitare di ritrovarti a lungo con Elisabeth. non dico di troncare i rapport, non è che poi siano tanto frequenti ma in questo periodo, cerca di incontrarti con lei il meno che puoi. Vedrai ti passerà!"

"La ringrazio, Suor Angela. La ringrazio molto!"

## XIV

E così, il giovane segue alla lettera i consigli della saggia suora, anche se dentro di lui, soffre molto. Nei giorni previsti per la celebrazione della santa messa nella cappella, viene…, la celebra e subito va via. Una volta, due volte, tre volte, tante volte, fa quello che deve fare, poi se ne va in fretta. Non si è mai più fermato a cena con i bambini. Non si ferma più con loro a giocare, fa il suo dovere e poi si dilegua velocemente, o per la precisione… fugge… fugge da lei. I bambini notano fin troppo bene questo cambiamento e iniziano a fare delle domande giorno dopo giorno ad Elisabeth che non sa più cosa rispondere.

"Elisabeth! Come mai Don Giulio dice la messa e va via subito? Come mai non si è più fermato con noi a cena?"

"Non lo so bambini! Forse non si sente molto bene in questo periodo."

A sua volta, la giovane donna è preoccupata per questo atteggiamento e si rivolge alla Direttrice.

"Suor Angela, le devo parlare di Don Giulio. Vedete, ultimamente, i bambini hanno notato il notevole cambiamento che c'è in lui come l'ho notato anch'io. Ne sapete qualcosa a riguardo? Siete sicura che stia bene? Io non so più cosa dire ai ragazzi!"
"Elisabeth, Don Giulio sta benissimo! Sta solo attraversando un momento particolare ma gli passerà, vedrai!"

"Va bene! L'importante è che non ci sia niente di grave."

"No. Stai tranquilla. Niente di grave."

Ma gli orfanelli non accettano questo comportamento di Don Giulio. Egli li ha abituati a ben altro, invece adesso, sembra che voglia evitare tutti.

"Elisabeth. E' strano! E' troppo strano! Don Giulio non è piu come quando è arrivato qui. Sembra che ogni volta non veda l'ora di andar via! Forse è arrabbiato con noi per qualcosa che abbiamo fatto? O forse non ci vuole piu bene?"

"Ma no, di certo, bambini! Cosa andate a pensare? Certo che vi vuole bene. Sara'… ultimamente avra tante altre cose da fare!

Sapete che lui è impegnato anche alla parrocchia del paese accanto."

"Ma... Elisabeth. Lo sappiamo... ma non era impegnato pure prima alla parrocchia del paese accanto? Eppure passava molto tempo insieme a noi."

La ragazza non sa più cosa rispondere e decide di parlarne direttamente con il giovane prete. Giulio ce l'ha messa tutta, ma nonostante i suoi sforzi, ormai ha la certezza di amarla, è piu forte di lui, e quando se la ritrova davanti, apre il suo cuore con semplicità..

"Giulio... I bambini mi stanno bombardando di domande. Per l'amor del cielo, cosa ti sta succedendo?"

"Elisabeth. Io ci ho provato. Ho provato a fuggire da te. Te lo assicuro. Dio solo sa quanto amo la nostra Santa Chiesa ma insieme a l'amore per lei, è cresciuto anche l'amore per te. Non è colpa mia. Non posso farci niente. Adesso so di amarti, Elisabeth! Io ti amo!"

Lei rimane turbata, molto turbata, non avrebbe mai immaginato una cosa del genere, non riesce a dire nemmeno una parola. Si allontana, e come fa spesso nei momenti di difficoltà. va a pregare davanti all'incantevole Vergine: "O, Madonna cara! Tu che mi hai sempre illuminato la mente nei momenti difficili... tu che conosci tutte le pene del mio cuore... O, Madonna bella! Cosa devo fare? Tanti anni fa, involontariamente, cambiai il destino di Giulio. Dopo tutti questi anni, rischio di cambiarglielo di nuovo. Ti prego, Madonna mia!... aiutami ti supplico! Amen!"

Dopo aver meditato a lungo, prende una decisione difficile e sofferta, ma secondo lei, è l'unica cosa da fare. Pensa tra sé: "L'unica soluzione è che io vada via da qui, lontano da qui; in questo modo, Giulio non vedendomi piu, ritornerà in sé."

Va subito a parlare con Suor Angela, senza però dire il vero motivo per il quale vuole al più presto il trasferimento. L'anziana suora non le chiede nessuna spiegazione perché capisce subito che Giulio le ha parlato. Le raccomanda però di tenere segreta la sua prossima destinazione. E' cosi che dopo una settimana, vengono versate tante di quelle lacrime dai bambini... i quali non riescono a capire quest'improvvisa partenza. Anche le tre suore si commuovono. E Giulio? Oh, Giulio. Non può impedire ai suoi occhi di bagnarsi ma non si fa scorgere da nessuno.

"Non piangete bambini! Tornerò presto, devo andare per un pò ad aiutare altri bambini bisognosi ma tornerò!"

Piangono tutti ma in particolare Andrea che non riesce a fermare i singhiozzi.

"Elisabeth... perché devi andar via? Io ti voglio bene! Ti voglio tanto bene! Come... se fossi la mia mamma!"

"Anch'io ti voglio bene, piccolo mio. Tornerò, te lo prometto!"

Ma si sarebbero mai rivisti un giorno? Mentre sta uscendo dal cancello, Giulio le corre dietro:

"Aspetta, Elisabeth. Non sei obbligata a farlo. Puoi rimanere qui. Andrò via io!"

"No Giulio! Non sarebbe giusto, adesso tu sei un sacerdote, e anche bravo; qui hanno tutti bisogno di te ed io non voglio rovinare la tua vita. Addio Giulio!"

Elisabeth va via triste, tanto triste, e comincia per lei una nuova esistenza in un altro orfanotrofio con altri bambini ma il suo cuore rimane lì. Non fa altro che pensare ai suoi monellini, soprattutto ad Andrea, è un po preoccupata per lui perche sa che è un bambino molto sensibile. Infatti è cosi: tutti gli orfanelli hanno risentito della partenza della ragazza ma in particolare Andrea. Non mangia molto e ripete in continuazione: "Suor Angela, quando è che torna Elisabeth?"

"Fra poco" risponde la donna accarezzandogli dolcemente il viso.

"Ma fra poco quando? E' da tanto che è andata via!"

"Fra poco piccolino!"

Andrea assilla anche Giulio: "Buongiorno, Don Giulio."

"Ciao, Andrea! Come va il nostro bel giovanotto?"

"E come vuoi che vada? Elisabeth mi manca tantissimo. Non riesco a stare senza di lei, senza il suo sorriso, senza le sue coccole prima di addormentarmi la sera. Ero in mezzo ad una strada al freddo... non avevo mai conosciuto l'affetto fino al giorno in cui è comparsa lei davanti ai miei occhi, come una fatina; ha cambiato tutta la mia vita e adesso non è più con me. Suor Angela dice sempre che verrà presto, che verrà presto, ma presto quando? Don Giulio! Lei mi deve dire la verità! Perché non torna Elisabeth? Non tornerà piu, non è vero? Non tornerà più? Mi dica la verità... Don Giulio!"

"Andrea! Non tormentarti in questo modo, lei tornerà, te lo prometto, tornerà!"

Gli sforzi che l'uomo fa per coinvolgere il ragazzino a partecipare a qualche partita di pallone, sono inutili. Infatti, Andrea che prima era tanto appassionato a questo sport, rimane impassibile alla cosa. Spesso il suo sguardo è nel vuoto e anche a lezione con Suor Angela, non combina un granché. Ma quello che inizia a preoccupare sul serio il giovane parroco è il fatto che non si nutre piu regolarmente: si vede a vista d'occhio che il bambino dimagrisce. Giulio comunica le sue ansie alla suora superiora.

"Suor Angela! Incomincio a preoccuparmi seriamente per lo stato di salute di Andrea. E' tanto dimagrito ultimamente. Non ha accettato la separazione da Elisabeth."

"Giulio!... E' lui che non ha accettato questa separazione? O sei tu che non l'hai accettata?"

Il giovane prete arrossisce poi ammette: "Avete ragione.... Neanch'io l'ho accettata."

"Comunque," aggiunge la religiosa, "non mi sembra il caso di farla tornare. E' sicuramente una tattica del bambino per impietosire ed ottenere ciò che vuole ma gli passerà. Da domani in poi, cucinerò personalmente delle squisitezze così stuzzicanti che si leccherà anche il piatto, vedrai come gli torna l'appetito!"

E così fa. Suor Angela si mette ai fornelli e ce la mette davvero tutta per preparare ogni giorno un piatto diverso; e che profumo ogni volta! Ma un profumo! Solo a sentir l'odore fa venire l'acquolina in bocca a tutti, tranne che ad Andrea. I modi gentili e garbati della Suora per cercare di farlo mangiare sono inutili.

"Oggi ho preparato una pasta al forno con i fiocchi, Signorina Sara. Abbia la bontà di farsi un pò più in là: per una volta, vorrei accomodarmi io vicino al suo principe dagli occhi azzurri. Lei permette vero? Buon appetito! Forza Andrea. I tuoi amichetti hanno gia divorato tutto."

"Non mi va, Suor Angela!"

"Ma come sarebbe a dire che non ti va? E' buonissimo!"

"Sarà anche buonissimo... ma non mi scende giù. Nemmeno sforzandomi, mi creda"

"Ma dai! Ti senti così soltanto perché ultimamente, non hai mangiato praticamente niente e si è chiuso lo stomaco. Ma ti passerà... cerca di sforzarti... dai! Fallo per me, Andrea! Bevi almeno il succo di frutta, sai, è pieno di vitamine, fanno bene alla salute. Ti prego piccolo!"

Ma per tutta risposta il bambino comincia a piangere... a piangere e ripete in continuazione: "Voglio Elisabeth! Voglio Elisabeth!" Anche Sara inizia a piangere e questo pianto diventa collettivo.

Una settimana dopo succede una cosa terribile! Ad un tratto, Andrea cade per terra, privo di sensi, il suo visino è pallido e i suoi occhietti sembrano non volersi aprire più, nemmeno con i diversi richiami che si alzano intorno a lui. Suor Angela si mette le mani nei capelli.

"Oh, Mio Dio! Andrea! Apri gll occhi! Riprenditi tesoro! Ti prego! Giulio... presto! Prendi la tua macchina. Bisogna portarlo subito in ospedale!"

Così, Andrea è ricoverato nel riparto intensivo dell'ospedale della Misericordia. Gli viene riscontrata immediamente una fortissima anemia; l'unico modo per nutrirlo è di praticargli delle flebo. Ma non è che Andrea reagisca piu di tanto. L'unica cosa che ogni tanto riesce a sussurare è: "Voglio Elisabeth!"

Don Giulio chiama la Madre Superiora nel corridoio e con gli occhi pieni di lacrime dice: "Suor Angela... la supplico! Bisogna avvertire Elisabeth di questa situazione... la prego. Io non ho l'indirizzo attuale ma lei ce l'ha, lei deve chiamarla! Se dovesse accadere qualcosa di piu grave al bambino non riuscirei a sopportarlo!"

"Calmati Giulio! L'ho gia avvertita. Lo so dovevo farlo prima;

arriverà domani sera.  Vedrai che si risolverà tutto, con l'aiuto di Dio."

Purtroppo, l'indomani mattina, il piccolo Andrea manifesta difficoltà respiratorie, vengono chiamati con urgenza i medici che agiscono tempestivamente attivando la bombola dell'ossigeno ma è tutto inutile.

Il bambino... entra in coma.  Quando verso sera, arriva Elisabeth, è presa dalla disperazione più totale, vedendo quel corpicino dimagrito, inerte, che giace su quel lettino d'ospedale. Ha una flebo dalla quale scende piano piano,  goccia a goccia, una medicina attraverso un tubicino di plastica alla cui estremità c'è un ago conficcato nella vena del suo braccino destro.  La giovane donna lo chiama più volte.  Piange disperatamente.

"Andrea!  Andrea!  Amore mio!  Svegliati!  Sono qui... sono arrivata tesoro!  Adesso non ti lascerò più... te lo giuro!  Svegliati! Hai dormito abbastanza.  Ti prego... svegliati!"

Poi rivogendosi alla Madre Superiora:   "Perché non mi avete chiamata prima?  Perché?  Dio mio, perché?"

Purtroppo tutti i tentativi per cercar di far uscire Andrea dal coma non servono a niente.  Elisabeth rimane al suo capezzale, per due giorni e due notti, senza dormire nemmeno un istante, sperando che, da un momento all'altro, si risvegli.  E' all'estremo delle forze per aver tanto pianto, ha la sua testa appoggiata vicino a quella del bambino, gli stringe dolcemente la manina senza smettere un attimo di chiamarlo:   "Andrea... svegliati!"

Ad un certo punto, la ragazza sente una mano sulla spalla: è l'infermiera che la invita a scostarsi un pò perché deve fare una puntura ad Andrea.  Quando questa abbassa la mutandina del bambino, per praticare l'iniezione, Elisabeth ha un sobbalzo: vede sulla natica destra... l'identica macchiolina di nascita che portava il suo bambino, il quale avrebbe dovuto avere più o meno la stessa età di Andrea.  Perfettamente uguale, della stessa dimensione, dello stesso colore, nello stesso punto: una macchiolina a forma di esagono, color latte e caffe..  In quel momento, nella testa della giovane donna, c'è tanta confusione e capisce che quell delinquente di Laccone ha mentito per crudeltà, facendole credere che Andrea fosse morto. Adesso però. è tutto chiaro, quel bambino morente in quel lettino è proprio quello che ha partorito lei... il SUO ANDREA!!... IL SANGUE DEL SUO SANGUE! Con gli occhi straziati di lacrime urla:

*"E' mio figlio! E' mio figlio!"* Poi sviene dall'emozione... un emozione troppo forte! Di colpo, anche Suor Angela realizza questa verita. L'anziana suora, insieme con Don Giulio, cercano di farla rinvenire con i sali e schiaffeggiandole delicatamente il viso.

Appena Elisabeth apre gli occhi, ripete di nuovo: "E' mio figlio!" Poi, si alza e dopo aver baciato la sua creatura sulla fronte, va ad inginocchiarsi davanti alla Madonna che si trova all'entrata dell'ospedale. Con le lacrime che le innondano gli occhi, comincia a pregare:

"O Madre Gloriosa! Tu che tutto puoi, ascolta anche questa preghiera. Anni fa, portarono via il mio figlioletto. Invano lo cercai per tanto, tanto tempo e non cessai mai di sperare di ritrovarlo vivo un giorno. Fino a quando quell'uomo me lo fece credere morto. Allora Madonna mia, piansi, piansi tanto e l'ho pianto fino a poche ore fa. Ma poi all'improvviso, scopro che la mia creatura è ancora viva...ma rischia di lasciare questo mondo per sempre. Allora ti chiedo quest'ultima grazia: fà che il mio bambino si svegli. Prendi me al posto suo, te ne prego, la mia vita non ha più nessun importanza senza di lui. Ascolta la mia preghiera... t'imploro! O, Vergine Santa! Cosi Sia."

La giovane continua a piangere, poverina! E' un dolore troppo lacerante che prova in questo momento. Rimane lì per un bel pò con le mani giunte e tremanti, implorando Maria di esaudirla, quando all'improvviso, sente dietro di lei, delle voci gioiose di bambini che gridano:

"Elisabeth! Elisabeth! Si è svegliato! Vieni presto! Andrea si è svegliato!"

Lei non crede alle sue orecchie. "Davvero, bambini? Si è svegliato?"

"Si! Ha chiesto di te!"

Elisabeth ringrazia la Madonna per averla ascoltata, si fa il segno della croce e corre in camera da suo figlio. Lo abbraccia come non lo ha fatto mai.

"Adesso non ti lascio più, amore mio, non ti lascio più! Anzi, rimango ad una sola condizione... che tu ricominci a mangiare perché ti voglio in buona salute e dobbiamo lasciare al più presto questo brutto ospedale. Sei d'accordo?"

"D'accordissimo, Elisabeth!"

Difatti, Andrea sta ai patti, si rimette subito in carne ed il sorriso finalmente, torna su tutti i volti.

Così un giorno, con calma, Elisabetgh decide di raccontare a suo figlio tutta la sua tormentata storia dal giorno in cui lasciò Grottolina Montanara. Il bambino guardandola, l'ascolta, come se ascoltasse una favola che fortunatamente è finita bene.

A sua volta, riesce a trovare il coraggio di parlare del crudele Laccone che l'ha fatto tanto soffrire. Poi, infine dice: "Era un bellissimo sogno che mi portavo dentro da tanto tempo ma da oggi in poi, te lo posso dire: "Ti voglio bene Mamma!"

"Anch'io ti voglio bene figlio mio!"

Finalmente dopo tanto, madre e figlio, si sono ritrovati. Che felicità! Tutti sono di nuovo allegri e l'orfanotrofio sembra rinato. Anche Giulio è felice per come si sono risolti i fatti. Va a bussare alla porta della Direttrice, con la tunica da prete piegata in mano e porgendogliela dice: "Suor Angela, mi dispiace! Ce l'ho messa tutta ma questo abito non fa per me, io amo Elisabeth più della mia stessa vita!"

"Perché non provi a dirglielo? Cosa aspetti? Adesso lei è più serena. Forse ti dirà di si. La vado a chiamare. Aspetta qui! Elisabeth! Di la c'è Giulio che ti aspetta. Vuole parlare con la mamma piu bella del mondo, ed è una cosa molto importante!"

Andrea grida subito: "Ci vado anch'io!"

"No! Tu no. Aspettiamo qui nel corridoio!"

Ma sia lei, che il bambino non resistono alla tentazione di origliare alla porta. Nell'ufficio della suora c'è Giulio vestito in borghese. Elisabeth lo guarda con occhi diversi come se notasse la sua bellezza e il suo fascino per la prima volta. C'è tra di loro un pò d'imbarazzo e nessuno dei due parla. Allora Suor Angela sblocca la situazione, aprendo la porta e dicendo: "Ma ti vuoi decidere a parlare o vuoi fare la parte del babbeo?"

E così, Giulio balbettando, cerca di dire qualcosa: "Ecco io... io ho pensato che Andrea è felice perché ha ritrovato la sua mamma, ma... gli ci vorrebbe anche un papa' per... poter fare un sacco di cose insieme a lui e perciò... perciò... io... io..."

"E dillo!" insiste Suor Angela.

All'improvviso Andrea, come se avesse trovato lui la soluzione, dice spontaneamente: "Mamma... come vorrei un papa' come Don Giulio!"

"Ed io, questo volevo dire" risponde felice il giovane.

"Elisabeth! Io non ho mai smesso di amarti. Siamo ancora giovani. Abbiamo tutta una vita davanti a noi. Possiamo ancora essere felici tutti e tre se tu lo vuoi!"

E ancora una volta, interviene Andrea. "E perché solo in tre? Perché non in quattro o in cinque? Non vorrete mica lasciarmi senza un fratellino o una sorellina... spero?"

Giulio ed Elisabeth si guardano; ormai, ha deciso tutto Andrea. Giulio attira Elisabeth con dolcezza a sé e le dà un bacio tenerissimo, lungo ed appassionato. E' il primo di una lunghissima serie.

Andrea non sta più nella pelle dalla gioia e urla: "Urrhà!, Urrhà!"

Suor Angela si commuove, prende il bambino per mano e gli dice: "Adesso possiamo andare. Lasciamoli soli, hanno tante cose da dirsi!"

"Oh, Suor Angela. Sono il bambino piu felice del mondo!"

"Anch'io sono felice ora, tesoro!"

Passano alcune settimane. I due giovani ed Andrea decidono di tornare a Mugnaio nella casa che Marina le ha lasciato. Dopo tante sofferenze e peripezie, finalmente è tornato il sereno nei loro cuori.

Da oggi in poi, inizia una nuova vita e niente e nessuno potra mai turbare questa felicitè.

## FINE

**P.S.:** *Ah! A proposito! Dopo un pò di tempo, è nata una bellissima e dolcissima bambina. Andrea è felicissimo di avere una sorellina. E per di più, indovinate un pò? Durante una delle visite a Grottolina Montanara, dai genitori di Giulio, si recano anche in casa Rùnfoli e parlano a lungo con il padre di Elisabeth, il quale scoppia in lacrime e chiede perdono alla figlia per essere stato così severo con lei. La famiglia si è così finalmente ricongiunta. Tutti sono felici e contenti ed Andrea e la piccola Marina sono diventati i pupilli di nonno Alfonso. Peccato però, che in tutta questa storia, manchino all'appello due persone care: Marina e Don Paolino ma secondo me, loro ci sono. Le persone che hanno dovuto lasciare questo mondo e che in vita ci hanno tanto amato, continuano a farlo, noi non li vediamo più ma ci sono e, da lassù, vegliano sempre su di noi.*

www.ingramcontent.com/pod-product-compliance
Lightning Source LLC
Chambersburg PA
CBHW070224140626
46555CB00018B/1269